Un Noël au ranch

CARA COLTER

Un Noël au ranch

Traduction française de
CAROLE PAUWELS

Harmony

HARLEQUIN

Titre original :
SNOWBOUND WITH THE SINGLE DAD

HARPERCOLLINS FRANCE
83-85, boulevard Vincent-Auriol, 75646 PARIS CEDEX 13
Service Lectrices — Tél. : 01 45 82 47 47

www.harlequin.fr

ISBN 978-2-2804-4174-2

1

— Voici ma petite étoile de Noël !

Noelle ressentit une bouffée de joie en regardant son grand-père, Rufus, couper le contact et descendre de son tracteur.

Le vieil homme souleva d'abord avec délicatesse Smiley, son vieux labrador noir, et le posa au sol. Puis il se tourna et s'avança dans la neige pour rejoindre sa petite-fille.

Il était habillé pour affronter l'hiver, avec une chapka, des gants, et une veste de bûcheron doublée d'un épais lainage écossais.

En dépit de ses douleurs articulaires, Smiley trottinait gaiement derrière lui.

Noelle fut soulagée de constater que, contrairement au vieux chien, son grand-père était encore étonnamment vaillant pour un homme de soixante-dix-huit ans.

Rufus la souleva de terre et lui donna une accolade dans laquelle se percevait aussi toute sa force. Puis il la reposa et la regarda avec une extrême attention.

— Tu n'aurais pas perdu du poids ? demanda-t-il.

— Non, répondit Noelle avec empressement.

À vrai dire, elle n'en était pas certaine.

Elle avait toujours été menue et, si elle n'était pas montée sur une balance depuis la rupture brutale de ses fiançailles, il lui semblait toutefois peu probable de pouvoir maigrir en mangeant de la glace au chocolat en guise de dîner.

Et parfois, elle devait bien l'avouer, comme plat unique au petit déjeuner.

C'était leur premier Noël sans sa grand-mère. Dans les mois qui avaient suivi son décès, Noelle avait remarqué, lorsqu'elle téléphonait à son grand-père, quelque chose dans sa voix qu'elle n'avait jamais entendu auparavant : une lassitude, une sorte de déconnexion, comme s'il n'était pas réellement là. Elle s'était inquiétée pour lui.

Parfois, il se trompait sur le jour de la semaine et semblait confus à propos d'autres petits détails de la vie quotidienne. Le plus souvent, il évoquait le passé de façon si obsessionnelle que Noelle était convaincue qu'il déclinait lui aussi et se laissait mourir de chagrin.

Et puis, une semaine plus tôt, elle avait remarqué une amélioration. À sa grande surprise, et pour son plus grand soulagement, Rufus avait montré beaucoup d'enthousiasme en évoquant Noël.

Dans sa famille, cela avait toujours été une période magique ; sans doute en partie parce qu'elle coïncidait avec son anniversaire.

Se pourrait-il qu'ils aient droit à un miracle de Noël ? Une solution magique qui les guérirait des pertes qu'ils avaient dû affronter cette année ?

Pourtant, quand Noelle s'était garée dans la cour et avait constaté que son grand-père n'avait pas installé une seule décoration, elle n'avait pu s'empêcher d'être déçue.

Puis elle avait remarqué les traces du tracteur qui s'enfonçaient en direction de nulle part et elle avait pris peur.

Rufus n'avait plus de bétail. Où allait-il comme ça ? Elle avait suivi les traces avec anxiété.

— Grandpa, tu ne peux pas imaginer à quel point je suis contente de te voir, s'exclama-t-elle.

En proie à un apaisant sentiment de retour au bercail,

elle soupira d'aise. Puis elle s'accroupit pour caresser Smiley et le serrer dans ses bras.

Tandis qu'elle se relevait, elle prit le temps d'étudier le projet auquel son grand-père s'était attelé.

Apparemment, il s'était mis en tête de déneiger une grande surface au milieu de ce qui avait été une pâture pour les vaches.

— Peux-tu me dire ce que tu es en train de faire ? demanda-t-elle.

Rufus passa un bras autour de ses épaules et se tourna pour admirer son ouvrage d'un air satisfait.

— Je construis une zone d'atterrissage pour un hélicoptère, dit-il.

L'impression de bien-être que Noelle avait ressentie un peu plus tôt s'évanouit aussitôt.

— Une quoi ?

— Tu as très bien entendu. Ne me regarde pas comme si j'avais perdu l'esprit. Et maintenant, viens. Allons à la maison boire un café.

Sans lui laisser le temps d'ajouter un mot, il changea de sujet :

— As-tu apporté tout ce qu'il te faut pour passer un agréable Noël au ranch ?

— Oui.

Noelle se dit que son grand-père allait peut-être vouloir reconduire le tracteur jusqu'au hangar, mais il choisit plutôt de l'accompagner, et ils marchèrent bras dessus bras dessous sur la neige compactée par les pneus de l'engin agricole, suivis de près par Smiley.

Après un bref instant d'hésitation, Noelle reprit :

— Je me demandais pourquoi tu n'avais encore installé aucune décoration.

— Je pensais que ce serait bien de le faire ensemble.

Même si elle n'avait jamais prêté main-forte à Rufus pour installer les guirlandes lumineuses extérieures, Noelle aimait l'idée qu'ils travaillent ensemble pour recréer l'esprit des fêtes qu'ils appréciaient tant tous les deux.

— Quelle bonne idée ! J'avais tellement hâte d'avoir quelques jours de vacances. J'ai prévu de rester jusqu'après le nouvel an.

— Ah, bien. Très bien. Tous les autres repartiront le lendemain de Noël.

Noelle ne put masquer sa surprise.

— Comment cela, tous les autres ?

— Ah, ma petite Ellie…

Noelle sentit son cœur se gonfler de tendresse en entendant le surnom que son grand-père lui avait donné.

— Attends un peu que je t'explique ce que j'ai fait. As-tu déjà entendu parler de Me-Sell ?

Noelle inclina la tête et observa son grand-père avec perplexité.

— Tu sais bien, insista-t-il, cet endroit sur la *voile*, où on dépose des annonces.

— Quelle voile ? Oh ! tu veux dire *la toile*, je suppose ?

— C'est ce que je dis !

— Tu fais allusion à I-Sell, ce site de petites annonces en ligne ?

— C'est ça !

La pensée de son grand-père s'aventurant sur I-Sell lui donna à réfléchir.

Rufus se chauffait toujours avec un vieux poêle à bois. Il ne recevait que trois chaînes sur son poste de télévision à tube cathodique, et ce à la condition de réorienter en permanence son antenne intérieure. Il ne possédait pas de téléphone portable – de toute façon, le signal de réception était très faible dans les environs. Grandma et lui n'avaient jamais eu d'ordinateur, et ils ignoraient totalement ce qu'était Internet.

— Je vais à la bibliothèque municipale, expliqua Rufus, et je surfe avec la *voile*.

— Tu surfes sur la *toile*, corrigea mollement Noelle. Mais tu sais, grandpa, cette expression ne s'utilise plus vraiment.

— Peu importe ! J'ai décidé de vendre mes vieilles machines agricoles qui rouillaient sous le hangar, et qui m'encombraient. Ed a vendu les siennes comme ça et il a récolté une belle somme.

Cette remarque inquiéta Noelle.

— Tu as besoin d'argent ?

Elle était stupéfaite que le sujet n'ait pas été évoqué au cours de l'une de leurs conversations téléphoniques hebdomadaires. En outre, elle rendait visite à son grand-père au moins une fois par mois.

Comment se faisait-il qu'elle n'ait pas remarqué les difficultés financières de Rufus ? Ses propres peines de cœur l'avaient-elles rendue à ce point égoïste ?

Rufus eut un petit rire.

— Seigneur, non ! J'ai de l'argent à ne plus savoir qu'en faire depuis que j'ai vendu mes terres, à l'exception du lopin autour de la maison.

La décision de vendre la quasi-totalité des terres, qui se trouvaient dans la famille McGregor depuis des générations, avait été un crève-cœur de plus. Il n'en restait plus aucune à exploiter. Dans ses rêves, Noelle avait espéré les racheter un jour avec Mitchell.

À l'approche d'une légère butte, son grand-père et elle marquèrent une pause. Là, entourée de neige, se trouvait la maison familiale, plus jolie qu'une carte postale de Noël, avec ses deux étages, ses murs jaune pâle et ses volets indigo, sa galerie longeant tout le rez-de-chaussée, et sa cheminée de pierres grises d'où s'échappait de la fumée.

Si la grand-mère de Noelle avait encore été en vie, la maison aurait été décorée, en ce 21 décembre. Il y aurait eu une guirlande lumineuse tout le long de la galerie et une couronne sur la porte. Et le grand cèdre bleu devant la maison aurait dégouliné de lumières.

Mais cette année, il n'y avait pas une seule décoration, et ça donnait à Noelle envie de pleurer, même si son grand-père avait attendu sa venue pour le faire.

Derrière la maison se trouvait une grange ; autrefois rouge, et maintenant partiellement grise.

Un peu plus loin, les collines recouvertes de neige formaient comme des petits coussins douillets.

Et plus loin encore, les sommets dentelés et enneigés de la chaîne des Rocheuses se détachaient sur le ciel bleu.

Ils passèrent devant la grange en se dirigeant vers la maison, et deux chevaux de trait gris apparurent au galop depuis le fond du paddock. De race Clydesdale, ils se caractérisaient par leurs abondants fanons blancs, qui leur donnaient une grâce et une légèreté en totale contradiction avec leur silhouette massive.

— Bonjour, Fred, bonjour, Ned, dit affectueusement Noelle.

Elle s'approcha de la clôture et tendit la main. Fred souffla, et un petit nuage de buée s'échappa de ses naseaux. Au moment où elle s'apprêtait à lui flatter l'encolure, un poney noir jaillit de derrière la grange, et les deux chevaux de trait s'éloignèrent en hennissant.

Ayant chassé la concurrence, le minuscule équidé étira le cou pour atteindre la clôture, et pinça les doigts que Noelle avait laissés pendre. Elle les retira d'un geste brusque et le poney, l'air indigné, secoua sa crinière emmêlée, avant de détaler dans la direction d'où il était venu.

— Qu'est-ce que c'est que ça ? demanda Noelle.

— C'est Gidget, répondit Rufus. Elle a l'air d'une petite chipie, mais tu n'imagines pas à quel point c'est difficile de dénicher un poney à quelques jours de Noël.

— Pourquoi as-tu besoin d'un poney pour Noël ?

Noelle observa son grand-père du coin de l'œil, inquiète

à l'idée qu'il soit atteint de sénilité et s'imagine qu'elle était encore une petite fille.

— C'est une surprise.

— Oh ! tu gardes ce poney pour quelqu'un qui veut faire une surprise.

— Si on veut. Mais regarde-toi, tu frissonnes. C'est à croire que tu as fini par devenir une vraie citadine, ma parole.

Rufus ôta sa chapka, révélant une chevelure argentée d'une épaisseur étonnante pour son âge. Puis il la plaça sur la tête de Noelle en rabattant tendrement les pans sur ses oreilles, comme si elle avait en effet douze ans, et non trente-trois.

Cette fois, au lieu de l'inquiéter, ce geste donna à sa petite-fille le sentiment d'un amour profond et indéfectible.

Rufus s'approcha de la voiture de Noelle – un modèle économique qui avait un peu souffert sur l'interminable voie enneigée menant de la route secondaire à sa maison – et sortit sa valise du coffre. C'était un très gros bagage, contenant des cadeaux, des vêtements chauds et les patins à glace que Noelle n'avait pas non plus oubliés, ayant bien l'intention de s'offrir quelques glissades sur l'étang gelé.

La valise avait des roulettes, mais son grand-père choisit de la porter, et Noelle n'osa pas lui proposer son aide, en sachant que ça le vexerait.

Lorsqu'ils franchirent la porte de service, une forte odeur de café monta au nez de Noelle dès le sas d'entrée. Aussitôt, l'arôme des pâtisseries tout juste sorties du four de sa grand-mère lui manqua.

Son grand-père et elle ôtèrent vestes et bottes, et laissèrent la valise dans l'entrée. Noelle ôta la chapka de son grand-père, et rajusta ses cheveux devant le miroir.

Ses joues et son nez parsemés de taches de rousseur

étaient déjà passablement rougis par le grand air, mais elle savait que son physique n'avait rien d'extraordinaire. Des cheveux châtains, coupés aux épaules et raides comme des baguettes de tambour. Des yeux ni vraiment bruns ni vraiment verts. Un visage de lutin, qui aurait pu être enjolivé par le maquillage ; chose dont elle ne se souciait plus désormais.

Lorsque Noelle entra dans la cuisine, le chien s'était déjà installé dans son panier, à côté du poêle. Tandis que son grand-père y ajoutait du bois, elle regarda autour d'elle avec attendrissement.

La pièce n'avait rien à voir avec les cuisines de ferme qui faisaient fureur dans les magazines de décoration en ce moment. Il y avait du vieux linoléum au sol, la peinture des placards s'écaillait, et les plans de travail étaient encombrés de toutes sortes de choses : vieux gants, outils, pièces mécaniques... Les fenêtres étaient vieilles et rendues opaques par le givre.

En dehors du fait que sa grand-mère n'aurait pas toléré tout ce bric-à-brac et aurait accroché quelques décorations ici et là, Noelle avait l'impression que rien n'avait changé.

Ses grands-parents l'avaient élevée après la mort de ses parents dans un accident de voiture, alors qu'elle avait douze ans. De tous les endroits au monde, cette cuisine était le lieu qu'elle préférait, celui où elle se sentait le plus en sécurité.

— Parle-moi de la zone d'atterrissage.

Noelle s'assit à table.

La cafetière émaillée était restée à réchauffer sur le fourneau, et Rufus remplit un mug qu'il posa devant elle. Elle but une gorgée de café, et ne put retenir une grimace tant il était amer. D'un geste pressé, elle plongea la main dans le sucrier.

— Eh bien, expliqua Rufus, tout a commencé un soir alors que je regardais les informations à la télévision.

Il s'assit en face d'elle, et la regarda avec une affection si évidente que Noelle sentit son cœur fondre, éprouvant plus que jamais un sentiment de retour au bercail.

— Il y avait l'histoire de cette fille – pas ici, remarque, en Angleterre ou à Vancouver…

Pour son grand-père, les deux endroits représentaient l'étranger.

— … Elle allait se retrouver toute seule pour Noël, reprit-il. Donc, elle a passé une petite annonce en ligne, et tout un tas de gens lui ont répondu. Et pour finir, elle a choisi une famille avec qui passer Noël.

Rufus affichait un air satisfait, comme si cela expliquait pourquoi il construisait une zone d'atterrissage dans l'ancienne pâture de ses vaches.

— Continue, dit Noelle.

— Donc, j'étais sur ce machin… Internet, en essayant de comprendre comment passer une annonce pour mon matériel, et je me suis dit, tout d'un coup, que les Noël d'autrefois me manquaient.

— Tu veux dire ceux avec grandma et moi ?

Songeuse, Noelle se remémora les chants, la pâtisserie, les décorations et les visites des voisins.

— Et même avant ça, dit Rufus. Tu sais, il a fallu attendre longtemps pour que la télévision arrive dans notre région. Et je trouve d'ailleurs que c'était beaucoup mieux avant.

Connaissant par cœur le discours de son grand-père, Noelle attendit la suite.

— Et ne me lance pas sur le sujet du téléphone portable et de ces fichus réseaux sociaux.

— Je ne le ferai pas.

Elle savait pourtant qu'elle ne tarderait pas à regretter de ne pouvoir consulter régulièrement ses plates-formes de réseaux sociaux – ou plus précisément espionner sans relâche la nouvelle vie passionnante d'une certaine personne, via ses publications prolifiques.

— Nous faisions de grands rassemblements pour Noël, dit son grand-père.

D'un ton plein de nostalgie, il se mit à égrener ses souvenirs.

— Quand j'étais petit garçon, tout le village se réunissait à la vieille halle pour un concert, un dîner et des jeux. Les tables ployaient sous le poids des dindes, des jambons, des saladiers de purée de patate douce et des tartes. Oh ! ces tartes ! Les femmes rivalisaient de talent pour les réaliser…

Il soupira, ému.

— Les gens chantaient, parlaient ensemble. Ils échangeaient des cadeaux avec leurs voisins. Pas grand-chose, vois-tu. Un sifflet fabriqué de leurs mains, un sac de farine brodé d'une phrase bienveillante, comme « Bénissez ce foyer ». Si on savait qu'une famille traversait une période difficile, on faisait en sorte que tous les enfants aient un cadeau, et qu'ils reçoivent un bon gros jambon à emporter chez eux.

Noelle sentit à nouveau une pointe d'inquiétude la gagner.

Certes l'image dépeinte par son grand-père était charmante, mais il n'avait jamais été du genre à s'appesantir sur le passé. Autrefois, si sa grand-mère faisait grand cas des préparatifs de Noël, Rufus se contentait d'accrocher les décorations extérieures et d'atteler les deux chevaux pour l'incontournable promenade en carriole dans la neige – non sans protester et bougonner copieusement.

Avant le décès de sa femme, jamais il n'avait sombré dans la nostalgie. C'était un pragmatique, pas un sentimental.

— Donc, reprit-il, je me suis créé une adresse mail, et j'ai mis une annonce sur le site, pour inviter les gens à participer à un Noël à l'ancienne.

Cette nouvelle stupéfia Noelle.

— Ici ? demanda-t-elle.

— Évidemment. Peux-tu imaginer meilleur endroit ?

— Grandpa, tu ne peux pas inviter sur Internet des inconnus à venir chez toi.

Il croisa les bras sur sa chemise à carreaux, son visage parcheminé figé en une expression butée.

— Eh bien, il est trop tard pour vos bons conseils, chère Abby. Je l'ai déjà fait.

Noelle sourit de cette allusion à une célèbre chroniqueuse, dont sa grand-mère appréciait particulièrement le courrier du cœur.

— Et des gens t'ont répondu ?

— En grand nombre, répondit Rufus, sans cacher sa satisfaction.

— Mais comment sais-tu si ce sont des gens bien ?

Elle se demanda si elle ne percevait pas une légère note d'hystérie dans sa propre voix.

Son grand-père lui tapota la main.

— Oh ! Noelle, la plupart des gens sont honnêtes. Tu as simplement perdu un peu confiance dans le genre humain à cause de ce type, Michael.

— Mitchell, corrigea mollement Noelle.

Elle n'avait pas du tout envie de penser à ce « type », et à sa nouvelle vie passionnante.

— Tout cela a-t-il un rapport avec la zone d'atterrissage destinée aux hélicoptères ?

— Oui. Absolument. Il y a un *barreau* des affaires qui va venir ici.

Noelle essaya de comprendre.

— Tu veux dire un baron des affaires, je suppose.

— Peu importe.

— Oh ! grandpa…

— Avec sa petite fille, qui a perdu sa maman, la pauvre enfant.

— Grandpa ! Dis-moi que tu n'as pas envoyé de l'argent à qui que ce soit.

— Euh, si. Mais pas au *barreau*. À quelqu'un d'autre.

Un petit couple de jeunes gens. Ils voulaient venir à ma fête de Noël d'antan, mais les pauvres traversaient une période de vaches maigres. Ils ne pouvaient même pas faire le plein de leur voiture.

Noelle ressentit un léger malaise.

Jusqu'où cela était-il allé ?

Combien de gens avaient dupé Rufus pour lui extorquer de l'argent ?

Ses espoirs de trouver du réconfort dans cette période de Noël commençaient à s'évaporer.

Son grand-père était un innocent absolu dans le monde des nouvelles technologies. Or, des quantités de personnes malintentionnées sillonnaient Internet à la recherche de victimes comme Rufus. Il restait à espérer qu'il ne se soit pas vanté un peu partout d'avoir plus d'argent qu'il ne pouvait en dépenser.

— Grandpa, dit-elle, le plus gentiment possible. C'est une arnaque. Si ce prétendu riche homme d'affaires ne t'a pas encore demandé d'argent, il le fera. Tu es probablement en train de te faire mener en bateau.

Rufus lui lança un regard irrité.

— Ce n'est pas du tout ça.

— Comment le sais-tu ?

— Parce qu'on m'a envoyé ça.

Il prit une feuille de papier, sur le dessus d'une pile de journaux et de prospectus qui menaçait de s'effondrer.

Noelle s'en saisit et la regarda. Cela ressemblait à un croquis pour la construction d'une zone d'atterrissage.

— Oh ! non, murmura-t-elle.

Qu'il était donc simple de tromper un vieil homme ! Le dessin aurait pu être fait par un enfant.

Rufus inclina soudain la tête.

— Tu as entendu ? demanda-t-il d'un ton triomphant.

Noelle le dévisagea avec un mélange d'inquiétude et de commisération. Elle n'avait rien entendu du tout.

Une profonde tristesse l'envahit.

Cette année n'avait été faite que de pertes. D'abord les terres, puis le décès de sa grand-mère, et quelques semaines après ses funérailles, l'annonce par son fiancé qu'il n'était pas prêt.

À s'engager.

À rester vivre au même endroit.

À garder son emploi dans la compagnie pétrolière qui les employait tous les deux.

Sans qu'aucun signe avant-coureur ne lui ait permis de deviner ce qu'il avait en tête, Mitchell était parti en Thaïlande pour « se trouver ».

Si la page de son réseau social favori pouvait servir d'indication, il semblait être aidé dans sa recherche par une horde de beautés exotiques en bikini, qui avaient fait prendre conscience à Noelle de son manque d'audace – elle n'avait jamais porté de bikini – en plus de la pâleur de sa carnation et de la banalité de son apparence.

Elle avait donc perdu en quelques mois les terres de son ranch familial, sa grand-mère et son fiancé.

Il était exact que, pendant une période ridiculement longue, elle s'était accrochée à l'espoir que Mitchell retrouverait ses esprits et lui reviendrait. Mais à présent, ce serait le coup de grâce si elle perdait son grand-père, même si c'était d'une manière complètement différente.

Il perdait l'esprit, le pauvre homme. Elle avait entendu dire que ça se passait ainsi : des moments de lucidité alternant avec… Eh bien, ceci.

Tandis qu'elle était plongée dans ses réflexions, Rufus s'était levé pour se précipiter vers la porte.

— Je ne peux pas rester ici alors qu'ils vont atterrir, dit-il d'un ton pressé. Et je ferais bien de jeter une balle de foin à cette ponette pour qu'elle reste derrière la grange. Je ne veux pas que le secret soit éventé tout de suite.

Même le chien avait l'air dubitatif. Et qui plus est, pas très heureux de devoir sortir à nouveau.

Noelle se leva à son tour et s'adressa à son grand-père d'un ton conciliant.

— Et si tu m'aidais plutôt à monter ma valise ? Ensuite, nous pourrions aller couper un sapin en forêt et commencer les décorations…

Son grand-père l'ignorait complètement. Il enfila ses bottes dans le vestibule et ne tarda pas à sortir, son chien sur les talons.

Peu après, son quad biplace démarrait en vrombissant, laissant dans son sillage un silence étrange et presque inquiétant.

C'est alors qu'elle l'entendit.

Le *wop-wop-wop* caractéristique d'un hélicoptère en approche.

Elle se précipita vers le vestibule, enfonça la chapka de son grand-père sur sa tête, enfila ses bottes et ouvrit la porte.

2

— Ne t'approche pas ! cria Rufus, par-dessus son épaule.

Noelle arriva aux abords de la zone d'atterrissage, essoufflée par sa course.

Les pales du rotor projetaient tellement de neige que pendant un moment, elle ne vit plus ni son grand-père, ni le chien, ni l'hélicoptère.

Puis le moteur se tut, la neige retomba, et tout fut soudain très calme.

Noelle observa l'hélicoptère. Il était couleur vieil or et portait sur son fuselage le logo Wrangler Oil.

Derrière la bulle du poste de pilotage, elle vit un homme actionner des manettes sur le tableau de bord. Une masse de cheveux bruns lui tombait sur le front, et il portait des lunettes de soleil dans le style aviateur.

À cette distance, elle ne pouvait distinguer ses traits. Et pourtant, d'une certaine façon elle savait – peut-être à cause de la façon dont il avait fait son entrée – que tout chez cet homme serait extraordinaire.

Tandis qu'elle l'observait, il ôta son casque écouteur et ses lunettes qu'il glissa dans la poche de poitrine de sa chemise. Sautant souplement hors du cockpit, il adressa un bref signe de la main à Noelle et son grand-père, puis il se dirigea vers la porte passager.

Il portait un blouson de pilote en cuir marron, doublé

de mouton. Ses épaules étaient larges, et son pantalon noir accentuait la ligne élancée de ses jambes puissantes. Il se déplaçait avec l'aisance innée d'un homme extrêmement sûr de lui et du pouvoir que lui donnait l'argent.

À présent, Noelle pouvait se rendre compte que ses cheveux n'étaient pas bruns, mais du même noir bleuté qu'une aile de corbeau.

Sous sa barbe de deux jours, ses traits étaient puissants et réguliers, et une fossette fendait son menton. Il regarda dans sa direction, et elle ressentit, telle une décharge électrique, l'impact de son regard bleu, glacial et observateur.

Aussi étrange que cela paraisse, l'homme lui était vaguement familier.

Elle le dévisagea en se demandant où elle l'avait vu auparavant.

Puis elle eut une illumination.

Pourquoi ne serait-il pas sûr de lui ?

Aidan Phillips était encore plus impressionnant en chair et en os que sur les photos.

Et il y avait des quantités de photos de lui…

Moins maintenant, il est vrai, que quelques années auparavant, quand sa femme, Sierra, et lui concentraient l'attention des médias – lui en tant que magnat de l'industrie pétrolière, elle en tant qu'actrice. Chaque seconde de leur romance, et du mariage qui avait logiquement suivi, avait été sans relâche documentée, photographiée, comme si leur couple était l'incarnation d'un conte de fées.

Hélas, il n'y avait pas eu de conclusion idyllique.

Prenant soin de baisser la voix, Noelle demanda à son grand-père :

— Sais-tu qui c'est ?

Il haussa les épaules sans répondre.

— C'est l'un des hommes les plus riches du Canada, expliqua-t-elle.

— Je te l'avais dit ! déclara Rufus d'un ton triomphal. Un *barreau*.

L'instant d'après, son expression se fit plus sombre.

— Mais en réalité, c'est un pauvre homme qui ignore que la vraie richesse se trouve ailleurs que dans un compte en banque bien garni. Demande-lui.

— À qui ?

— À elle.

Alors qu'elle tournait la tête, Noelle vit Aidan soulever une petite fille du siège passager de l'hélicoptère. Naturellement, elle savait qu'il était veuf et qu'il avait un enfant, mais il employait sa considérable influence à protéger sa fille de toute exposition publique.

La fillette était adorable, avec ses boucles brunes qui jaillissaient d'une toque en fausse fourrure rose assortie à sa parka, son fuseau et ses après-ski. Des petites moufles roses pendaient au bout d'un élastique fixé au bas de ses manches. Elle avait les mêmes yeux bleu électrique que son père, et Noelle estima qu'elle devait avoir cinq ans.

Son père la posa dans la neige, et elle regarda autour d'elle. Smiley s'avança en claudiquant, et elle poussa un cri de joie, avant de tomber à genoux et de passer les bras autour du chien.

— Ne le laisse pas te lécher le visage ! commanda une voix perçante.

Un troisième passager sortait de l'hélicoptère, une femme âgée à l'apparence sévère, et à l'expression hostile.

— Eh bien, dit Rufus, en voilà une figure de Carême.

— Grandpa ! protesta Noelle.

Sans doute croyait-il chuchoter, mais il avait parlé d'une voix un peu trop forte, et les arrivants n'avaient probablement pas perdu une miette de ce qu'il avait dit.

Comme si de rien n'était, Rufus alla à la rencontre de ses invités.

Quelques instants après, il fit signe à Noelle de les rejoindre. Ce qu'elle fit, non sans un certain embarras.

— Et voici ma petite-fille, Noelle, qui doit son prénom au fait qu'elle est née le jour de Noël.

Elle se crispa. Son grand-père n'allait quand même pas raconter toute son histoire à des inconnus ?

— Mais en fait, nous l'appelons Ellie, précisa-t-il.

En réalité, personne ne l'appelait ainsi à part lui. Mais elle comprit qu'il serait grossier de le démentir.

— Voici Tess et Aidan, ajouta Rufus.

On aurait cru qu'il lui présentait des personnes qu'il connaissait de longue date.

Bien que prise au dépourvu, Noelle sourit à la fillette, avant de reporter son attention sur son père.

Il tendit la main, et elle ôta son gant.

Tandis qu'une paume forte et chaude enveloppait la sienne, provoquant d'étranges picotements sous sa peau, elle regretta de porter une parka d'une teinte de rose très semblable à celle de la fillette.

Et de ne pas s'être un petit peu maquillée…

Avoir le cœur brisé ne suffisait pas pour ne pas vouloir faire bonne impression lors d'une première rencontre avec Aidan Phillips.

Et cependant, elle perçut une légère suspicion dans ces yeux d'un bleu intense quand ils se posèrent sur son visage.

— Ravi de faire votre connaissance, dit-il.

Mais, tout comme dans son regard, il y avait quelque chose de retenu dans sa voix. Et Noelle eut l'impression qu'il n'était pas ravi du tout.

Agacée par son attitude, elle retira brusquement sa main, remit son gant, et recula de quelques pas.

— C'est une surprise, dit-elle d'un ton pincé. Mon grand-père vient seulement de me prévenir que nous aurions des invités pour Noël.

— Il ne m'avait pas parlé non plus de sa ravissante petite-fille.

Il y avait quelque chose de sarcastique dans la façon dont il avait prononcé « ravissante », et Noelle sentit qu'elle rougissait.

Puis elle comprit qu'Aidan ne se moquait pas de son apparence ordinaire – dont elle avait tristement pris conscience depuis le départ de Mitchell —, mais qu'il faisait allusion à tout autre chose.

Aidan Phillips insinuait-il que Rufus essayait de jouer les entremetteurs ?

Comment osait-il ?

S'il y avait une personne qui était incapable de ce genre d'arrière-pensées, c'était bien le grand-père de Noelle.

D'un autre côté…

Elle glissa un regard vers Rufus.

Serait-il possible qu'il essaie de se mêler de sa vie ?

Cela semblait peu probable. Son grand-père n'était pas un romantique.

Et pourtant, il avait exprimé sans détour sa désapprobation concernant sa relation avec Mitchell ; en particulier quand ils avaient décidé d'emménager ensemble.

Sa relation avec Mitchell ?

Ou plutôt Mitchell en tant que personne ?

En tout cas, si son grand-père avait l'intention de jouer les entremetteurs, il semblait particulièrement indifférent à la première rencontre des candidats.

Non, à la réflexion, ce n'était pas du tout le style de Rufus.

Vraiment pas.

Cependant, tandis qu'elle essayait de s'en persuader, Noelle se rappela une conversation entre ses grands-parents, alors qu'elle était venue au ranch leur présenter Mitchell.

« Quelque chose ne tourne pas rond chez ce type, avait dit Rufus. Il ne se comporte pas comme s'il était l'homme le plus heureux du monde. Il n'a pas l'air de se rendre compte à quel point elle est jolie. »

Noelle avait entendu la réponse de sa grand-mère. Elle en était certaine. Mais, chaque fois qu'elle essayait de s'en souvenir, l'information lui échappait, tel un oiseau farouche refusant de se laisser capturer, et allait se réfugier dans un coin de sa mémoire où elle ne parvenait pas à la retrouver.

Son grand-père ne connaissait même pas l'ultime trahison : Mitchell avait vidé leur compte commun.

« C'est moi qui l'ai pris », avait-il reconnu quand, affolée, elle lui avait envoyé un message pour lui demander où était passé l'argent.

Apparemment, il avait totalement échappé à Mitchell que c'était son salaire à elle qui avait servi à payer les factures et l'alimentation, ce qui leur avait permis d'épargner celui de Mitchell et de réaliser de confortables économies, destinées à financer leur mariage et l'achat d'une maison.

Qu'avait dit son grand-père, quand elle avait débarqué à sa porte, le visage gonflé d'avoir pleuré pendant toute une semaine ? « C'était mieux au bon vieux temps, quand la famille t'aidait à trouver un conjoint. »

Comment expliquer cet attachement sentimental au passé dont faisait soudain preuve Rufus ?

Mais son expression n'exprimait rien de sentimental à l'instant.

Il observait d'un air renfrogné la dame âgée qui essuyait avec un mouchoir de lin le visage de la fillette que le chien venait de lécher.

— À qui ai-je l'honneur ? demanda-t-il.

— Bertanana Sutton.

Elle s'était exprimée d'un ton supérieur et sans tendre la main, ce que Rufus sembla prendre comme une insulte.

— Bertanana, répéta-t-il. Eh bien, c'est pour le moins original. Et pas très facile à prononcer.

— Mais on l'appelle juste Nana, précisa la petite fille d'un ton espiègle.

Rufus se mit à ricaner.

— Nana, comme la chienne dans *Peter Pan*, dit-il.

— Je vous demande pardon ? protesta Bertanana.

Noelle était vraiment surprise que son grand-père connaisse *Peter Pan*, et encore plus le nom du chien de la famille Darling.

Par ailleurs, pourquoi se montrait-il aussi grossier ?

Pourtant, toute intervention de sa part était inutile. Bertanana toisait son grand-père d'une façon qui aurait fait trembler un homme moins aguerri.

— Ce sera madame Sutton pour vous, dit-elle.

Rufus tiqua, et Noelle comprit où était le problème. Il s'était senti jugé quand Nana avait insinué que le chien était sale.

Quelque chose disait à Noelle que ça n'allait pas bien se passer entre eux.

— Vous avez des bagages ? demanda sèchement Rufus.

Aidan leur tourna le dos et commença à décharger l'hélicoptère.

Pour quelqu'un qui présidait une des plus importantes compagnies pétrolières du pays, et qui évoluait dans le cercle très restreint des très riches et très puissants, il semblait aussi fort qu'un homme habitué aux rudes travaux de la ferme.

Sans qu'aucun mot ne soit échangé entre eux, Aidan et Rufus commencèrent à remplir la remorque du quad avec une impressionnante quantité de valises. Puis Rufus hissa le chien dans la remorque, et invita Nana à prendre place sur le siège passager, avec Tess sur les genoux.

— Eh bien, nous sommes au complet, annonça-t-il d'un ton guilleret.

Ayant visiblement mis de côté son orgueil blessé, il s'installa sur le siège conducteur.

— Il ne vous reste plus qu'à marcher, ajouta-t-il à l'intention de Noelle et Aidan.

Puis il démarra en trombe, les aspergeant de neige au passage.

Il était incontestable qu'il n'y avait pas d'autre place à bord du véhicule. Et n'étant ni les plus âgés ni les plus jeunes, la logique voulait que ce soit à Noelle et Aidan de marcher.

Cependant, si quelqu'un cherchait à tout prix la preuve d'une quelconque machination, il semblerait évident – et ce de façon très embarrassante – que Rufus avait tout organisé pour qu'ils se retrouvent ensemble. Et sans témoin.

Le visage crispé, Aidan enfonça les mains dans ses poches et tourna les yeux vers la cime enneigée des montagnes.

L'odeur du cuir de son blouson, portée par l'air froid, parvenait jusqu'aux narines de Noelle. Il s'y mêlait de subtiles et séduisantes notes boisées, comme seules en contiennent les eaux de toilette les plus coûteuses.

— J'ai un peu de mal à comprendre ce qui se passe, dit-elle d'une voix crispée.

— Vous n'êtes pas la seule, répliqua-t-il froidement.

Noelle opta pour la franchise.

— Je ne vais pas prétendre que j'ignore qui vous êtes. Toutefois, je pense que mon grand-père n'en a pas la moindre idée. Je travaille pour une compagnie pétrolière dont le siège se trouve à Calgary. Par conséquent, je connais les personnes importantes dans le milieu du pétrole. Et je sais que vous êtes le P-DG de Wrangler Oil.

— Et que j'ai été marié à Sierra Avanguard ?

L'intonation était posée et le regard direct.

Noelle ne chercha pas à feindre l'ignorance.

— Naturellement.

— Je ne veux pas que des photos de Tess se retrouvent sur les réseaux sociaux. Ou sur quoi que ce soit d'autre.

Son ton était empreint de l'implacable autorité de ceux

qui sont habitués à donner des ordres et s'attendent à ce que ceux-ci ne soient pas contestés.

Pourtant on ne pouvait pas dire qu'il s'agissait d'une attitude déraisonnable.

Aidan ne connaissait pas Noelle. Il établissait juste les principes de base.

Mais il était aussi un invité de son grand-père, et le fait de ressentir la nécessité d'apporter cette précision ressemblait fort à une remise en question de l'hospitalité de Rufus.

— Très bien, dit-elle. Et je ne veux pas non plus que des photos de mon grand-père soient diffusées.

Communiquant à son regard la même froideur que celle qu'elle avait lue dans les yeux d'Aidan, elle ajouta :

— Je suis certaine que le respect de sa vie privée est important pour lui aussi.

Aidan parut médusé.

À l'évidence, si le puissant homme d'affaires avait un jour été remis à sa place, cela remontait à très longtemps.

Il inclina la tête et observa Noelle un peu plus attentivement.

Finalement, un rictus amusé étira brièvement le coin de ses lèvres sensuelles.

— Dans ce cas, il devrait éviter I-Sell.

— Mon grand-père n'a pas la moindre idée de ce à quoi il s'est exposé en lançant son invitation sur ce site. S'il m'avait fait part de son projet, je l'en aurais vivement dissuadé.

Noelle se demanda si elle devait prévenir Aidan que d'autres personnes étaient attendues.

Mais fallait-il vraiment s'attendre à la venue d'autres invités ?

Elle décida de prendre son grand-père à part et de lui poser la question avant de tirer la sonnette d'alarme.

En outre, il était possible qu'Aidan et Rufus aient passé un accord. Et dans ce cas, ça ne la regardait pas.

En attendant, elle devait satisfaire sa curiosité concernant la présence d'Aidan Phillips au beau milieu du champ de son grand-père.

Les hommes séduisants ne tombaient pas tout simplement du ciel.

Hélas ! songea-t-elle.

— Je dois dire, commença-t-elle d'un ton précautionneux, que vous ne semblez pas être le genre d'homme à chercher sur Internet des idées pour organiser vos fêtes de Noël.

— Vraiment ? Et quel genre d'homme suis-je, d'après vous ?

— Le genre à avoir un million d'options et d'invitations bien plus glamour que celle-ci.

— C'est exact.

Il soupira, et Noelle se demanda s'il fallait l'interpréter comme un regret de ne pas avoir accepté une de ces nombreuses invitations.

— Dans ce cas, à quoi devons-nous l'honneur de votre présence au ranch de Rufus McGregor ?

Aidan laissa échapper un long soupir, et passa une main gantée dans ses cheveux, déplaçant quelques mèches qui voletèrent comme des plumes, avant de reprendre leur place.

C'était bien peu de chose, et pourtant Noelle ne put s'empêcher de trouver cela infiniment séduisant.

Son ex-fiancé, Mitchell, avait pour habitude de se raser entièrement le crâne.

Si elle avait prêté attention au geste d'Aidan, c'était justement parce qu'il s'agissait pour elle d'une nouveauté, songea-t-elle sans parvenir vraiment à s'en convaincre.

N'empêche qu'elle l'avait remarqué.

Et qu'elle avait trouvé ça séduisant.

Naturellement, il fallait que ce soit étouffé dans l'œuf.

Fermant un moment les yeux, elle eut la vision d'une robe

rouge. Elle pendait dans le fond de son placard, chez elle, sous une housse en plastique qui en atténuait la couleur.

C'était le plus joli vêtement, et aussi le plus cher, qu'elle ait jamais possédé.

Elle l'avait achetée pour la fête de fiançailles qui n'avait jamais eu lieu. À présent, elle ne la porterait plus jamais.

Il n'était pas question non plus qu'elle s'en débarrasse. Ce serait sa défense contre ce petit pincement de nostalgie qu'elle venait de ressentir de façon tout à fait inattendue.

C'était la première fois que ça se produisait depuis que Mitchell avait jeté quelques vêtements dans un seul et unique sac de voyage – après tout, il n'avait besoin que de shorts et de T-shirts pour sa nouvelle vie – et lui avait dit au revoir sans cacher son impatience à s'en aller.

— Est-ce que vous allez bien ?

Noelle ouvrit les yeux.

Aidan l'observait d'un air perplexe.

— Oui, bien sûr. Tout va bien. Vous étiez sur le point de me dire…

Il continuait à la regarder, pensif.

Finalement son expression se radoucit.

Il était probablement évident que son inconfort était sincère, et qu'elle n'avait rien à voir avec les agissements de son grand-père, si tant est que ce dernier ait eu une idée derrière la tête.

— Vous voulez savoir comment il se fait que je me retrouve ici ?

Noelle hocha la tête.

— Ne dites jamais à une petite fille de cinq ans qu'elle peut avoir ce qu'elle veut pour Noël.

3

— C'est elle qui a choisi de venir ici ?

Noelle était réellement sous le choc.

— Votre fille pouvait avoir tout ce qu'elle voulait pour Noël, et elle a choisi le vieux ranch de mon grand-père, perdu au milieu de nulle part ? demanda-t-elle d'un ton stupéfait.

— Presque tout, clarifia Aidan. Mais pas de poney.

Eh bien ! Cela expliquait l'arrivée au ranch de la capricieuse petite Gidget. Son grand-père avait parlé d'un secret à préserver.

— Et pas de chiot, ajouta Aidan. Cependant, j'ai eu la sottise de dire, dans un moment de faiblesse, qu'elle pouvait avoir tout le reste.

Noelle n'avait aucun mal à comprendre le dilemme d'Aidan. Sans doute s'était-il senti si coupable de refuser un poney ou un chiot à Tess qu'il avait cédé facilement à sa demande de venir ici.

Mais pourquoi la petite fille avait-elle fait ce choix ?

— Et elle a opté pour cet endroit ? demanda-t-elle à nouveau.

— J'en suis aussi surpris que vous.

Aidan l'observa pensivement.

— À votre avis, qu'est-ce qu'une petite fille qui peut tout avoir aurait choisi à la place ?

Noelle s'étonna.

On aurait dit que son opinion comptait vraiment pour Aidan. Il l'observait avec une intensité déconcertante et, pour aussi bizarre que ça paraisse, elle se prit à espérer qu'il ne passe pas à nouveau la main dans ses cheveux.

Après un temps de réflexion, elle proposa :

— Disneyland ?

Il parut déçu par cette réponse, et Noelle en ressentit une gêne étrange, comme si elle avait laissé tomber un vieil ami dans le besoin.

— Mouais, dit-il, dubitatif. D'après les recherches faites par mes assistants, le souhait numéro un des enfants, partout dans le monde, est de visiter un parc d'attractions Disney.

Non seulement elle l'avait déçu, mais elle n'avait même pas fait preuve d'originalité.

D'un autre côté, que disait de lui le fait qu'il ait demandé à ses assistants de se renseigner sur ce qui ferait le plus plaisir à sa fille ?

— Et donc, vous l'avez emmenée à Disneyland ?

— L'année dernière.

Il soupira.

— Figurez-vous qu'elle s'est roulée par terre devant les guichets, en hurlant que ce n'était pas vraiment Noël parce qu'il n'y avait pas de neige.

— Ce devait être plutôt gênant.

— J'ai eu de la chance de ne pas me faire arrêter. Heureusement, les caprices d'enfants de quatre ans ne sont pas inhabituels au « Royaume enchanté ».

Noelle se mordit la lèvre pour ne pas rire, tandis que se formait dans son esprit l'image d'un homme d'affaires à l'allure très digne, embarrassé par le caprice d'une petite fille.

Il poursuivit :

— La transformation pour les fêtes de l'attraction *It's*

a Small World n'a absolument pas impressionné ma fille, malgré l'ajout de cinquante mille lumignons de Noël.

Il soupira.

— Des semaines après, j'avais encore *Jingle Bells* et *Deck the Halls* qui tournaient en boucle dans ma tête.

— Oh ! mon pauvre, murmura Noelle. Vous voulez que je les retire de la liste des chants traditionnels ?

Aidan afficha une mine horrifiée.

— Parce qu'il va y avoir des chants traditionnels ?

— Cela fait partie d'un Noël d'antan, dit-elle.

Naturellement, elle n'avait pas fait le moindre préparatif pour ces festivités.

Était-il normal de se réjouir à ce point de l'inconfort d'Aidan ?

En tout cas, elle ne put s'empêcher d'enfoncer le clou.

— C'est une obligation, tout comme la neige. D'ailleurs, vous pouvez voir que nous en avons en quantité.

— Le Noël précédant celui au parc d'attractions, nous avons eu de la neige. Mon équipe avait trouvé un endroit en Laponie. Nous avons séjourné dans un igloo, fait une promenade dans un traîneau tiré par des rennes, et visité la maison du Père Noël.

— Cela semble absolument magique.

Noelle n'était pas sûre que ce que son grand-père avait à offrir puisse supporter la comparaison avec un Noël de cette envergure.

— Oui, n'est-ce pas ?

— Oh ! d'après votre ton, j'en déduis que…

Il hocha la tête.

— Un autre échec. Elle avait trois ans à l'époque. Le Père Noël ne ressemblait pas à celui dépeint dans son livre d'histoires favori. Je crois qu'elle a employé le terme « affreux » pour le désigner. Ou je devrais plutôt dire « affeux ». Le rhotacisme est parfaitement normal jusqu'à l'âge de huit ans.

Noelle n'avait jamais entendu ce terme et, à sa grande honte, elle dut avouer son ignorance.

— De quoi s'agit-il ?

— C'est la difficulté ou l'impossibilité à prononcer la consonne R. Certains enfants peuvent aussi la remplacer par un W.

Il avait l'air d'en savoir long sur le sujet, ce qui voulait dire qu'il s'était renseigné… ou que son équipe l'avait fait.

D'une certaine façon, c'était un peu triste.

Et le fait de ressentir de l'empathie pour lui était certainement plus dangereux que de craquer sur sa façon de se passer la main dans les cheveux.

Avant qu'elle ait eu le temps de penser à la robe rouge – son aide-mémoire pour ne pas se laisser attendrir ou séduire par qui que ce soit —, il poursuivit :

— Et les rênes ont constitué la déception majeure. Ils ne volaient pas, et aucun n'avait de nez rouge.

— Je crois que certains éléments de Noël doivent être laissés à l'imagination. En revanche, les idées de cadeaux ne manquent pas pour une petite fille.

Il lui semblait qu'Aidan, dans ses efforts acharnés pour mettre en scène un Noël de rêve, était peut-être passé à côté de la véritable signification de cette fête.

À nouveau, elle perçut une forme de vulnérabilité chez lui ; celle du père célibataire qui essayait irrémédiablement de rendre sa fille heureuse. Surtout pour Noël.

Et qui était suffisamment désespéré pour se joindre à des inconnus.

Noelle fouilla sa mémoire.

La femme d'Aidan était une actrice très célèbre, et d'une extraordinaire beauté. N'était-elle pas décédée aux alentours de Noël ? Trois ans auparavant ? Sans le moindre état d'âme, les journaux avaient inlassablement exposé le petit visage triste de cette fillette, qui était encore presque un bébé.

Et puis il fallait d'ailleurs mettre cela à son crédit : Aidan Phillips avait réussi à préserver sa fille des feux de la rampe et à protéger son intimité.

Frappée par l'ironie de la situation, Noelle sentit qu'elle se radoucissait à son égard.

Aidan Phillips, l'un des hommes les plus riches du Canada, était totalement désemparé quand il s'agissait d'être tout simplement un papa capable de faire le bonheur de sa fille à Noël.

Qu'avait dit son grand-père, déjà ? Que celui qui ignore que la vraie richesse se trouve ailleurs que dans un compte en banque bien garni est en réalité un pauvre homme.

Pourtant, il semblait relativement simple de trouver des cadeaux susceptibles de faire plaisir à une petite fille. À moins qu'il ne soit le genre d'homme à se noyer dans un verre d'eau ?

Comme s'il venait de lire dans ses pensées, il remarqua :

— Vous me dites que les idées de cadeaux ne manquent pas. Je vous écoute.

— Eh bien… Un ours en peluche, des barrettes pour les cheveux, un pyjama à l'effigie d'un personnage de dessin animé… Une couronne de princesse…

— Oh ! mais bien sûr, dit-il, comme si la naïveté de Noelle était sans espoir.

Évidemment, la fillette avait déjà probablement tout cela. Que pouvait-elle souhaiter d'autre ?

— Elle ne vous a pas dit ce qu'elle voulait ?

— Oh si ! Un chiot et un poney. Les autres souhaits figurant sur sa liste sont réservés au Père Noël. Le bon gros Père Noël joyeux du centre commercial, avec son costume bon marché et sa fausse barbe. Pas celui de Finlande, pourtant plus vrai que nature. Et c'est un secret. Si vous le dites à votre père, ce vieux casse-pieds mal embouché ne vous apportera rien.

— Et cette collection de poupées tellement à la mode. Millie, ou quelque chose comme ça ?

— Jilly Jamjar, corrigea-t-il. Et ses amies, Corrinne Cookiejar, Pauline Picklejar… Elles sont toutes vendues avec le bocal dans lequel elles vivent : à confiture, à biscuits, à cornichons…

— Vous êtes en train de l'inventer.

— Vous croyez ? J'ai l'air d'un homme capable d'inventer une collection de mini-poupées vivant dans des bocaux ?

Noelle fut bien obligée d'admettre que c'était peu probable.

— Non, vous n'en avez pas l'air.

— J'aurais bien aimé qu'elles n'existent pas, remarquez. Tess a déjà les trois premières de la série, mais le fabricant a eu la bonne idée de sortir un personnage en édition limitée. Le fameux Jerry. Jerry Juicejar.

Il était assez amusant d'écouter cet homme extrêmement sophistiqué parler savamment de poupées au nom ridicule, mais Noelle avait l'impression que ce serait une erreur d'en rire ouvertement.

— Les agités du bocal – c'est ainsi que j'ai surnommé les créateurs de ces poupées – ont, dans leur infinie sagesse, conçu une édition limitée de ce cher Jerry. Il n'y en a que quelques milliers pour des millions d'enfants qui le réclament à grands cris.

Il soupira.

— C'est à se demander si les agités du bocal ne sont pas de mèche avec ce vieux mesquin de Père Noël. Bref, c'est comme ça que, dans un moment d'égarement, j'ai autorisé Tess à regarder sur I-Sell si elle pouvait trouver un exemplaire de Jerry Juicejar.

— Vous avez laissé votre fille de cinq ans utiliser Internet ?

Cette remarque valut à Noelle un glacial regard de mise en garde, qui voulait dire « ne me jugez pas ».

— Elle est très mûre pour son âge. Parfois, je me dis qu'elle ne va pas avoir six ans, mais seize.

Noelle trouva cela terriblement triste. En réalité, Tess était encore un bébé, capable un an plus tôt de faire une crise dans un parc d'attractions.

Cependant, elle commençait à soupçonner que derrière cette attitude autoritaire se cachait le fait qu'Aidan avait déjà porté sur lui-même un jugement impitoyable.

— Et puis, reprit Aidan, elle n'était pas toute seule. Nana la supervisait. J'ai confié à deux stagiaires la responsabilité de chercher cette poupée, et ils n'ont trouvé personne qui soit prêt à s'en séparer.

Il eut un soupir chagriné.

— Certaines choses ne peuvent pas s'acheter, apparemment.

— Il y a des quantités de choses que l'argent ne peut pas acheter, dit Noelle d'un ton ferme.

Aidan avait l'air d'en douter, même après ses tentatives infructueuses pour offrir un Noël de rêve à sa fille avec l'aide d'une armée d'assistants et de stagiaires.

— Il est possible que Tess veuille tout simplement rester à la maison avec vous pour Noël.

Elle s'était efforcée de faire cette suggestion le plus gentiment possible.

— Elle veut ce que veulent tous les enfants : être avec sa famille.

— Quelle famille ? Il n'y a que Nana et moi.

Il soupira.

— Je suppose que c'est un autre échec à mettre à mon actif dans ce domaine. Et, de toute façon, nous ne restons pas à la maison pour Noël.

Noelle se souvint tout à coup qu'un incendie avait dévasté leur appartement la veille de Noël et causé la mort de sa femme. Le pays tout entier s'était réveillé sous le choc, la joie de la fête ternie par le deuil de cette célèbre famille.

— Bref, reprit Aidan. Tess était en train de chercher Jerry Juicejar, et qu'a-t-elle découvert tandis que sa gouvernante somnolait sur le canapé ? Un Noël d'antan dans un ranch.

— Vous avez de la chance qu'elle n'ait pas découvert autre chose, répliqua Noelle.

Elle reçut à nouveau une œillade agacée, mais perçut aussi combien Aidan était dépassé par ses responsabilités parentales.

— Vous n'avez pas réussi à l'en dissuader ?

Elle avait pris garde à s'exprimer d'un ton neutre, à ne pas avoir l'air de porter de jugement.

Il ne parut cependant pas apprécier son effort et la toisa sévèrement.

— Vous apprendrez vite qu'il est impossible de dissuader Tess. Et je vous rappelle que je lui avais promis qu'elle pouvait avoir ce qu'elle voulait.

L'ironie l'emporta cette fois sur la sympathie.

— Et une promesse est une promesse, à ce qu'il paraît, rétorqua-t-elle.

— Oh ! vous pouvez jouer à la plus maligne. Tess ne tardera pas à vous le faire savoir, à vous aussi. Elle a une mémoire fantastique. C'est pourquoi je vous conseille de faire très attention à ce que vous lui dites.

— Bien. J'en prends note.

Malgré son intonation sérieuse, il lui adressa un regard suspicieux, comme s'il se demandait si elle se moquait de lui.

— Et donc, vous avez décidé, comme ça, de répondre à l'annonce de Rufus ?

Il eut une petite moue embarrassée.

— J'ai… euh… demandé à mes assistants de se renseigner sur votre grand-père.

C'était légèrement insultant, et cependant Noelle ne pouvait l'en blâmer.

— Puis j'ai parlé à votre grand-père au téléphone, et

tout m'a paru authentique. Un vieil homme charmant, qui redoutait de passer son premier Noël seul depuis son veuvage... ça inspirait confiance. Naturellement, il s'est bien gardé de parler de sa petite-fille, Ellie, née le jour de Noël.

— Vos assistants ne sont peut-être pas aussi bons que ça, répliqua-t-elle sèchement. Ils sont incapables de trouver ce qu'une petite fille souhaite comme cadeaux pour Noël, et ils n'ont pas découvert non plus mon existence.

Avant qu'il ait eu le temps de rétorquer, elle ajouta :

— Je m'appelle Noelle. Et le fait d'être née un 25 décembre n'est pas un crime.

— Ai-je dit que ça l'était ?

— Oui.

— C'est tellement... charmant. La plupart des gens seraient vexés que leur anniversaire soit évincé par le « grand » jour, mais je parie que ce n'est pas votre cas.

Elle plissa les paupières, l'observant avec suspicion.

— Qu'est-ce qui vous permet de penser ça ?

Il haussa les épaules.

— Tout le monde passe son temps à faire des suppositions. Vous en avez fait à mon sujet. Par exemple que je ne suis pas le genre d'homme à me joindre à des inconnus pour Noël. Et j'en ai fait sur vous.

— Je vous écoute.

Noelle s'arma de courage. En réalité, elle n'était pas du tout sûre d'avoir envie d'entendre la réponse d'Aidan.

— Il y a votre apparence... celle d'une brave fille de la campagne.

Une brave fille de la campagne ?

Cela faisait cinq ans qu'elle vivait en ville, et elle se considérait comme plutôt sophistiquée

Encore qu'il soit difficile de s'en rendre compte à cet instant précis. Elle portait une parka rose pâle, digne d'une adolescente, et le bas de son jean était glissé dans des après-ski. Avant de se précipiter dehors, elle avait enfoncé sur sa tête la chapka de son grand-père. Ses joues étaient probablement rouges, et son nez aussi.

— Pas une trace de maquillage. Respirant la santé. Charitable. La magie de Noël, et tout ça… D'une naïveté désespérante. Probablement déçue par un homme, et pour qui le grand-père cherche un partenaire idéal. Juste pour Noël. Il ne manque plus que la musique appropriée.

Il se mit à siffloter *White Christmas*, et elle se dit que la ritournelle allait tourner en boucle dans sa tête durant les heures à venir.

— Vous êtes toujours aussi insupportable ? demanda-t-elle d'un ton grinçant.

— J'essaie. Et cette remarque ne vous ressemble pas. Ce n'est pas du tout charitable.

— Laissez-moi vous confier mes suppositions. Vous détestez Noël. Ça s'entend à votre ton sarcastique.

Elle faillit ajouter qu'il ne fallait pas s'étonner qu'il n'ait pas réussi à offrir à sa fille le Noël de ses rêves. Ça aurait été cruel. Et, malheureusement, il avait raison à propos de sa nature généreuse et charitable.

— Je me suis demandé s'il n'y avait pas une arrière-pensée dans le fait de nous inviter ici, reprit Aidan. Pouvez-vous me dire qui convie des inconnus pour Noël ?

— Cessez de vous poser ce genre de question. Jamais vous ne rencontrerez un homme plus intègre que mon grand-père. S'il a invité des inconnus pour Noël, c'est qu'il pense qu'il a quelque chose à donner, et non à prendre.

— Mouais, dit Aidan avec un manque de conviction insultant.

Faisait-il exprès de l'agacer ?

Noelle avait constaté que son expression s'était adoucie, révélant sa vulnérabilité de père, alors qu'il reconnaissait chacun de ses échecs à Noël.

À présent, il balayait cela d'un revers de manche.

Si son but était de la mettre en colère – peut-être en

réaction contre une sympathie dont il ne voulait pas – eh bien, c'était réussi.

— Mon grand-père s'inquiète peut-être pour moi. J'espère que ce n'est pas le cas, mais il a bon cœur. Je pense que vous vous en êtes d'ailleurs rendu compte quand vous avez accepté son invitation. Quant à moi, ce n'est pas parce que je suis célibataire que je dois obligatoirement m'intéresser à vous !

Évidemment, il y avait cette façon terriblement sexy de se passer la main dans les cheveux… Mais il n'avait pas à le savoir.

Il stoppa net, l'obligeant à s'arrêter, elle aussi.

— Donc, vous ne l'êtes pas ?

Oh ! L'arrogance de ce type !

Noelle refoula son envie d'ôter la chapka de son grand-père et de la fourrer dans sa poche, pour ressembler un peu moins à une « brave fille de la campagne ».

— Pourquoi êtes-vous tellement surpris ? Vous avez l'habitude que les femmes se jettent sans arrêt à vos pieds ?

— Oui.

La tranquille certitude qu'il avait mise dans sa réponse agaça Noelle au plus haut point.

— Je ne suis pas une pauvre écervelée de la campagne qui va se laisser subjuguer par votre charme, monsieur Phillips.

— Je n'ai aucun charme.

— Je suis bien d'accord.

— J'ai vu juste ! s'exclama-t-il. Vous sortez d'un chagrin d'amour.

L'incroyable toupet de ce type !

Ça lui donnait envie de ramasser une poignée de neige, et de la lui jeter au visage.

— Il y a d'autres raisons pour qu'une femme ne se jette pas sur vous, rétorqua-t-elle d'un ton pincé. Même s'il est vrai que j'ai connu une rupture difficile.

— Il est possible en effet qu'il existe d'autres raisons, dit-il d'un ton sceptique.

Pour Noelle, il était évident qu'une femme était capable de reconnaître instantanément qu'elle ne jouait pas dans la même catégorie que lui.

Quant à elle, après avoir échoué à faire durer une relation avec un homme très ordinaire, quelle chance avait-elle de…

N'aimant pas le tour que prenaient ses pensées, elle s'efforça d'y mettre un terme.

Aidan continuait à l'observer avec beaucoup trop d'intérêt, et elle avait le sentiment étrange qu'il était capable de lire dans ses pensées.

— C'est très vieux jeu de penser que le but principal dans la vie d'une femme est de se trouver un compagnon, dit-elle d'un ton hautain.

— Puisque vous organisez un Noël à l'ancienne, vous aimez ce qui est vieux jeu, non ?

— Ce n'est pas moi qui…

Elle s'interrompit. Inutile de lui dire que Rufus était le seul à s'occuper de ces festivités.

Il inclina la tête, les paupières étrécies en une mimique inquisitrice.

— Récent ?

— Quoi ?

— Le chagrin d'amour ?

— Je commence à vous détester.

— Ce n'est pas ma faute.

— Si je vous déteste ?

— Si les femmes se jettent sur moi.

— Vous êtes beau et riche, et votre réussite professionnelle est incontestable. Et vous êtes sans doute intelligent, même s'il est encore un peu tôt pour le dire.

— J'ai utilisé le terme rhotacisme !

Noelle ignora l'interruption.

— Les femmes se jettent sur vous. Vous y êtes habitué.

Elles trouvent sans doute très émouvant que vous soyez un père célibataire, gérant maladroitement Noël.

Elle prit une intonation pleurnicharde.

— Oh ! le pauvre M. Phillips.

Ce faisant, il lui apparut que son sarcasme était sans doute provoqué par un profond ressentiment à l'égard de Mitchell, et sa cohorte de beautés en bikini sur une plage de Thaïlande.

Aidan n'y était pour rien, mais cette rancœur l'aidait à se protéger. Et Dieu sait qu'il fallait se protéger d'un homme comme lui.

Et le pire, c'était qu'il en avait probablement conscience.

— Je gère maladroitement ? répéta-t-il. Vous trouvez que passer Noël au « Royaume enchanté » et dans le village du Père Noël, c'est de la maladresse ?

Elle haussa les épaules.

— Vous avez reconnu qu'il s'agissait d'échecs. Et, si vous avez un doute, demandez à votre fille.

Aidan lui lança un regard agacé. Mais quand il reprit la parole, sa voix était soigneusement contrôlée. Plus douce que son regard.

— Je crois que je commence à vous détester, moi aussi.

— Parfait !

— Parfait, effectivement !

Il reprit, sarcastique :

— Eh bien, finalement, ça s'annonce comme un Noël calme et charmant à la campagne.

— Vous pouvez mettre l'accent sur « calme », car je n'ai pas l'intention de continuer à vous parler.

— Ça commence bientôt ?

— Dès maintenant !

— Parfait, dit-il à nouveau.

Elle ne put résister.

— Parfait, dit-elle avec un petit signe de tête.

Ils continuèrent à marcher sur le chemin menant à la maison dans un silence lourd d'animosité.

Du coin de l'œil, elle le regarda sortir son portable de sa poche, et commencer à faire défiler furieusement différentes fonctions et applications.

Il lui fallut quelques secondes pour réaliser que ça n'allait pas fonctionner.

Il s'arrêta net.

— Il n'y a pas de réseau ? demanda-t-il, d'un ton mi-outré, mi-stupéfait.

— Je ne vous parle plus.

— C'est puéril.

— Vous n'aviez pas l'air de penser cela, il y a encore quelques minutes.

— Je vous demande juste de répondre par oui ou par non.

— Non.

Peut-être n'aurait-elle pas dû se réjouir autant de sa mine dépitée.

À l'évidence, la perspective de ne pas être en lien avec son monde – où il contrôlait tout et tout le monde, à l'exception peut-être de sa fille – le perturbait énormément.

— Est-ce que ça fonctionne dans la maison ?

— Non.

— J'attends un mail très important. Je dois passer plusieurs appels.

— Vous aviez du réseau dans le village du Père Noël ?

— En fait, la Finlande s'enorgueillit d'avoir une excellente couverture en téléphonie mobile sur l'ensemble de son territoire.

Il avait réussi à sous-entendre qu'ils étaient encore plus rustres ici que dans l'un des endroits les plus reculés du monde.

Noelle commençait à se dire que les déceptions successives de Tess au sujet de Noël n'avaient peut-être rien à voir avec les lieux choisis par son père. Sans doute étaient-elles plus vraisemblablement dues au fait qu'Aidan n'était pas vraiment présent quand il était avec sa fille, trop occupé qu'il était à gérer ses affaires à distance.

— Vous pourrez passer vos appels depuis la ligne fixe de Rufus, dit-elle.

Son ton était peut-être plus cassant qu'elle n'en avait eu l'intention.

— Et je pense que vous pourrez aller à la bibliothèque municipale pour consulter vos mails. C'est ce que fait mon grand-père. Lui, il est obligé de prendre sa voiture. Mais vous avez votre hélicoptère. Vous pourrez y être en quelques minutes. Peut-être même en quelques secondes !

Elle eut une petite moue ironique, avant de reprendre :

— Le problème, c'est que ça ferait sensation. On parlerait de vous dans la presse…

— Vous vous moquez de moi, n'est-ce pas ?

Il tendit son téléphone à bout de bras et sembla former une prière muette pour que le signal de réception apparaisse miraculeusement.

— Est-ce que j'ai l'air d'être le genre de femme à me moquer de vous ?

Il la regarda avec suspicion mais ne répondit pas.

Et ce fut précisément parce qu'il ne dit rien qu'elle décida de ne pas lui révéler qu'il y avait quelques « précieux endroits » sur le ranch.

L'un se trouvait dans le fenil. On pouvait y obtenir deux « barres magiques » sur son portable.

Et ça pouvait même aller jusqu'à trois en ouvrant la trappe à foin et en tendant le bras à l'extérieur.

À condition qu'il n'y ait pas de vent.

Il fallait vraiment être désespéré pour braver le froid et essayer ainsi de se reconnecter avec le monde. Et pourtant, elle savait qu'elle serait là ce soir, à regarder les dernières publications de Mitchell à propos de son excitante nouvelle vie, et à se torturer à propos de tout ce qu'elle n'était pas.

Elle jeta un coup d'œil à Aidan.

Quand il s'en aperçut, il fourra son téléphone dans sa poche.

Son visage exprimait un profond agacement, comme si elle avait personnellement fait en sorte qu'il ne puisse pas recevoir le précieux signal.

Quand la maison fut en vue, Noelle se demanda si, aux yeux d'Aidan, elle apparaissait comme vieille et légèrement défraîchie, plutôt qu'accueillante et charmante.

Comment ne pas s'émerveiller devant cette neige déposée sur le toit tel un tourbillon de crème fouettée ?

Contre toute attente, il ne fit pas de commentaire. Ni sur la maison ni sur le spectacle à couper le souffle des pâturages à perte de vue, du ciel d'un bleu sans nuages, et des montagnes majestueuses.

Noelle songea que ce qu'elle avait dit un peu plus tôt, sous l'effet momentané de la colère, risquait fort de devenir vrai.

Aidan Phillips lui déplaisait énormément.

Et c'était beaucoup plus rassurant et sécurisant que le contraire !

D'un pas décidé, elle se mit à marcher en tête, sans se soucier de vérifier s'il la suivait.

4

Aidan Phillips observa son hôtesse qui marchait devant lui d'un pas décidé, la tête levée, les épaules raides.

Il avait réussi, et fort bien d'ailleurs, à l'énerver.

C'était probablement une bonne chose.

En fait, il ignorait si le grand-père avait une idée derrière la tête.

Mais en réalité, et en dépit des véhémentes protestations de Noelle, les femmes le trouvaient bel et bien irrésistible, précisément pour une des raisons qu'elle avait citées.

Son statut de père célibataire émouvait les femmes, et leur donnait envie de voler à son secours. C'est pourquoi il s'était montré imprudent en partageant avec quelqu'un qu'il ne connaissait pas ses fiascos de Noël.

Mais quelque chose dans les grands yeux attentifs de Noelle lui avait donné envie de se confier, de se débarrasser de son fardeau.

Pourtant, à peine l'avait-il fait qu'il avait compris son erreur.

Devant cette expression de sympathie, ce regard de pitié qu'il détestait par-dessus tout, il s'était rendu compte que cette démonstration de faiblesse – car c'était bel et bien de la faiblesse – était une terrible erreur.

Elle avait même trouvé un qualificatif à sa piètre tentative de parentalité.

De la maladresse.

Malgré tous les efforts qu'il déployait, Aidan se montrait maladroit dans son rôle de père célibataire d'une petite fille qui avait perdu sa mère.

S'il existait un test pour évaluer ce genre de choses, il se situerait probablement dans la moyenne, ou juste en dessous.

Or, il avait l'habitude d'exceller dans tous les domaines.

Tout ce qu'il touchait se transformait en or, et il possédait un flair imparable pour les affaires. Il était considéré comme l'un des meilleurs hommes d'affaires du Canada. Sa réussite faisait des envieux.

De façon instinctive, il savait quand se développer, et quand marquer une pause, qui engager, où expérimenter. Il savait quand il fallait se montrer agressif et conquérant, et quand faire preuve de diplomatie.

On le considérait souvent comme un bourreau de travail et un obsédé de la réussite, et c'était pour lui les plus beaux des compliments.

Mais il avait une faille.

Il était totalement incompétent dans sa vie privée.

Son mariage, dans lequel il s'était engagé en toute confiance, et animé de grands espoirs, en était la preuve. Il s'était retrouvé comme un explorateur débarqué en pleine jungle sans boussole. Et au lieu de trouver son chemin, il s'était irrémédiablement égaré.

Son échec dans ce domaine l'avait fait douter de sa capacité à être un bon père. Pour lui qui considérait qu'il n'y avait jamais de problèmes, uniquement des solutions, Tess était comme un puzzle dont il n'arrivait pas à réunir les pièces.

Il aimait sa fille plus que de raison. À la seconde où il avait pris dans ses bras son petit corps fragile de nouveau-né, il avait été éperdu d'amour. Et, dans le même temps, il avait eu le sentiment de ne pas être à la hauteur.

S'il lui fallait trouver un sujet de satisfaction – et il en avait absolument besoin pour se prouver qu'il n'était pas totalement inapte – c'était Nana.

Elle venait d'une agence spécialisée dans la garde d'enfants, et pour lui elle était comme Mary Poppins – la magie en moins.

Nana adorait Tess – et l'aimait bien, lui aussi, malgré son apparence guindée – et elle s'y connaissait en enfants, comme il s'y connaissait en affaires.

Elle savait comment nouer des cheveux rebelles en couettes bien nettes sans provoquer de crises d'hystérie.

Elle connaissait les bonnes histoires à lire avant de dormir, et les lisait sans passer des lignes, comme il le faisait parfois pour aller plus vite et pouvoir passer un important coup de téléphone.

Elle connaissait les dates des anniversaires d'autres petites créatures qui pleuraient trop facilement, faisaient la moue, et voulaient jouer à la princesse, et qui le terrifiaient généralement.

En résumé, Nana lui permettait de se consacrer à ce qu'il aimait par-dessus tout : travailler.

Cela ne l'empêchait pas de faire de son mieux pour rendre Tess heureuse.

Et c'était ça qui faisait craquer les femmes. On aurait dit qu'elles étaient toutes au courant de ses échecs secrets.

Y compris celle qui marchait devant lui, le nez en l'air.

À dire vrai, il avait eu des hésitations concernant ce Noël à l'ancienne. Nana aussi. Mais il avait passé outre, dans l'espoir d'offrir à sa fille quelque chose qu'elle n'avait jamais eu, même quand sa mère était encore là.

Il voulait qu'elle ait ce Noël enchanteur qu'on voyait dans tous les téléfilms et qu'on lisait dans toutes les histoires.

C'était de la folie de croire encore à ce genre de choses.

Mais c'était le cas de Noelle McGregor. Elle croyait à

la générosité. Et probablement aux miracles. La magie de Noël et toutes ces sottises…

Il détestait cela et, dans le même temps, ça l'attirait irrésistiblement.

Oh ! bon sang, c'était le genre de femme capable de lire au fond de votre âme, qu'un garçon comme lui – qui avait perdu son âme depuis très, très longtemps – ferait bien d'éviter.

S'il y avait entre Aidan et elle une tension palpable, Noelle comprit que ça n'allait pas s'arranger une fois dans la maison.

Elle ôta immédiatement la chapka dont elle ne pouvait pas s'empêcher de penser que ça contribuait grandement à lui donner l'air d'une « brave fille de la campagne ». Ses cheveux emmêlés crissaient d'électricité statique, aussi tenta-t-elle vainement de les aplatir.

Aidan parut s'amuser de ses efforts et elle suspendit son geste, le laissant seul dans le vestibule pour aller dans la cuisine.

Nana et son grand-père étaient en train de se chamailler.

— Ces choses dégoûtantes n'ont rien à faire sur les plans de travail.

— N'y touchez pas ! Elles ne sont pas dégoûtantes, elles sont graisseuses. Ce n'est pas pareil. Ce sont des pièces de moteur. J'en ai besoin.

— Leur place n'est pas dans une cuisine.

— C'est *ma* cuisine.

— Mais je ne mangerai pas quelque chose qui a été préparé là-dessus.

Afin de souligner son propos, la gouvernante agita la main pour désigner le désordre.

Rufus riposta aussitôt.

— De toute façon, vous ne devez pas manger grand-chose. Je parie que vous êtes anorexique.

— Jamais de la vie !

— En tout cas, vous ressemblez à un sac d'os.

Noelle décida qu'il était temps d'intervenir.

— Enfin, grand-père !

Tout à coup, elle se demanda si Rufus avait pensé à la nourriture. Avait-il prévu assez pour ses invités ? À raison de trois repas par jour, pour cinq personnes, plus les goûters de la petite, ça en faisait des provisions…

Et les chambres ? Est-ce qu'il avait fait le ménage, au moins ? Lavé les draps et sorti les serviettes de toilette les moins usées ? La plupart des chambres de cette grande maison n'avaient pas été utilisées depuis des années.

Rien que de penser à la logistique, Noelle en avait mal à la tête.

Et ça empira quand Aidan entra dans la cuisine.

Sous son blouson, il portait une chemise de prix, d'un blanc pur. Pas du tout le genre qu'on portait dans un ranch. Il émanait de lui une impression de méticulosité, de bon goût, et de discrète aisance qui faisait paraître la pièce trop petite et presque misérable.

Ce n'était vraiment pas le moment d'avoir ce genre de pensée, songea-t-elle avec désespoir.

Ne pouvait-elle pas tout simplement annoncer que ce Noël à l'ancienne était une terrible erreur et renvoyer le père, la fille et la gouvernante chez eux ?

À cet instant, il lui semblait que tout le monde – y compris son grand-père, instigateur du désastre — serait plus que ravi d'une telle décision.

— Elle a dit à Tess que le poêle était dangereux, dit Rufus d'un ton courroucé. Mais moi je peux lui dire combien d'enfants nous avons eus ici, sans que personne se brûle.

Oh oui, ce serait mieux pour tout le monde si on annulait.

Sauf pour Tess.

Noelle fut frappée par l'immobilité et le silence de la petite fille.

Elle se tenait à l'écart, aussi raide qu'une statue, dans sa tenue rose guimauve, avec ses boucles soyeuses et son visage de lutin. La main sur la tête de Smiley, les yeux écarquillés, elle observait les adultes.

— Ça suffit, dit Noelle, en désignant la fillette d'un geste discret.

Tous les yeux se tournèrent vers Tess.

Noelle se rappelait la petite orpheline qu'elle avait été, et elle le fit comprendre à son grand-père d'un regard entendu, et d'un raclement de gorge appuyé.

— Désolé, marmonna Rufus à l'attention de Nana. Je me suis montré grossier.

Nana aurait pu saisir cette opportunité pour acquiescer, mais elle se contenta d'une réponse posée.

— Je serais ravie de faire un peu de rangement.

— Je vais vous aider, proposa aussitôt Noelle.

Rufus hocha la tête.

— Mais ne touchez pas à mes pièces de moteur. Elles sont alignées dans l'ordre. Je vais les déplacer moi-même.

Il se tourna vers Aidan.

— Vous voudrez bien m'aider à accrocher les décorations extérieures, cet après-midi ?

— Avec plaisir.

Le ton d'Aidan était froid et n'exprimait pas le moindre enthousiasme.

Tess sembla reprendre vie. Le petit pli soucieux entre ses sourcils s'évanouit, et elle joignit les mains.

— Nous sommes comme une vraie famille, déclara-t-elle.

— Oui, n'est-ce pas ? dit Aidan d'un ton radouci.

Noelle lui jeta un coup d'œil.

Elle était presque certaine que son expérience de Noël,

et de la famille, n'avait rien de plaisant. Probablement même avant ce terrible incendie qui avait tout changé.

Pouvait-elle surmonter le sentiment de rejet initial qu'elle avait ressenti à son égard ? Oublier l'hostilité d'Aidan, sa haine de Noël, et son horrible cynisme ?

Finalement, n'était-ce pas le but de Noël que de penser aux autres ?

Le plus beau des cadeaux n'était-il pas d'ouvrir sa porte aux inconnus dans le besoin et de leur offrir le gîte et le couvert ?

N'était-ce pas se montrer fidèle à l'esprit du tout premier Noël, quand les Rois mages s'étaient laissé guider par une étoile ?

Elle-même n'avait-elle pas bénéficié de merveilleux cadeaux de la part d'inconnus et de membres de sa famille quand, à douze ans, elle avait affronté son premier Noël d'orpheline ?

Elle devait se rappeler tout cela.

Il ne s'agissait pas uniquement d'elle. C'était une question de réciprocité. Elle se devait de rendre ce qui lui avait été si généreusement donné. Tous ceux qui étaient présents ici devaient s'unir dans un but commun.

Pour la petite Tess privée de sa maman – et peut-être aussi pour son père –, Noelle devait faire en sorte que ce Noël efface tous leurs souvenirs douloureux.

Un Noël rempli de cette magie qu'Aidan avait tant cherchée, et que son argent ne pouvait acheter.

Un Noël qui déborderait du véritable esprit du jour et de la saison.

Et elle espérait aussi que ça rendrait ce premier Noël sans celle qui l'avait accompagné pendant plus de cinquante ans plus supportable pour son grand-père.

Malgré ces pensées positives, et même altruistes, Noelle avait l'étrange impression qu'elle s'apprêtait à livrer une rude bataille.

— Est-ce que tu as déjà coupé ton propre sapin de Noël ? demanda-t-elle à Tess.

La petite fille écarquilla les yeux.

— Non. On va vraiment avoir un sapin ?

— Bien sûr.

Tess joignit à nouveau les mains, et un sourire illumina son adorable visage.

— On n'a pas eu de sapin, l'année dernière. Ni l'année de l'affreux Père Noël.

Noelle remarqua qu'elle n'avait plus de problème pour prononcer les R. Sans doute était-ce l'œuvre d'un orthophoniste.

Il n'y avait rien d'étonnant à ce qu'ils n'aient pas décoré de sapin. C'était tout aussi impossible dans un igloo que dans la suite d'un hôtel de luxe.

Tess plissa le front, dans un effort de concentration.

— On a eu un sapin avant, papa ?

— Bien sûr.

Noelle observa discrètement Aidan. Son expression était peinée. Apparemment, ils avaient déjà fait un sapin, mais c'était un souvenir qu'il essayait de dépasser, qu'il en ait conscience ou non.

— Nous irons dans la forêt choisir un sapin, promit Noelle. Et nous n'arrêterons pas de chercher tant que nous n'aurons pas trouvé le plus beau.

— Un très grand ? demanda Tess.

— Peut-être. Ou alors, il sera petit, mais absolument parfait. Nous le saurons quand nous le verrons. Ce sera comme s'il nous murmurait : « Je suis le bon, choisis-moi. »

Tess ouvrit de grands yeux émerveillés.

— C'est vrai ?

— Bien sûr !

— Vraiment ? demanda Aidan d'un ton sarcastique.

Ravie, Tess murmura :

— Tu vois, papa. Je t'avais bien dit que ça serait parfait.

— Tout cela semble bien dangereux, remarqua Nana d'un ton réprobateur.

Rufus leva les yeux au ciel.

Mais ce fut la réaction d'Aidan qui retint l'attention de Noelle.

Il essayait, semblait-il, de contenir son cynisme tandis qu'il regardait sa fille, et son beau visage s'adoucissait d'espoir.

Malgré son scepticisme et ses soupçons, il voulait simplement le bonheur de sa fille.

Noelle prit une profonde inspiration. Elle savait ce qui ferait plaisir à Tess : la présence de son père. Une présence véritable, sans ses mails, ses appels téléphoniques importants, et toutes les distractions qui l'empêchaient de donner ce dont sa petite fille avait besoin.

De l'attention, des sentiments, du ressenti…

Noelle réalisa qu'elle avait envie de mettre en place des activités permettant à Tess de passer le plus de temps possible avec son père.

— Grandpa, je me disais que tu pourrais t'occuper des décorations avec Nana. Et pendant ce temps, Aidan, Tess et moi irions en forêt.

Rufus contenait sa réprobation. Nana pinçait les lèvres.

Aidan n'avait pas l'air ravi non plus.

Il tapota la poche de sa chemise, cherchant du réconfort dans la présence d'un téléphone portable qui ne s'y trouvait pas.

Rufus ouvrit la bouche pour dire quelque chose. Nana leva la main, comme si elle était en classe et demandait la permission de parler.

Mais Tess était aux anges.

— C'est une bonne idée, hein, papa ?

Nana laissa retomber sa main. Rufus ferma la bouche.

Aidan cessa de chercher son téléphone, s'accroupit devant sa fille et la laissa nouer ses petits bras autour de son cou.

— Oui, c'est une bonne idée, murmura-t-il en se redressant avec elle dans ses bras.

En les voyant ainsi, aussi avides d'affection l'un que l'autre, Noelle ressentit l'énormité de la responsabilité qu'elle venait d'endosser.

Elle porta son attention ailleurs.

— Grandpa, as-tu… hum… prévu quelque chose pour les repas ?

Rufus parut enchanté par cette question.

— Oui, tout est là.

Il sortit une feuille de papier de sa poche, et la déplia soigneusement.

— Aujourd'hui, on a de la pizza pour le déjeuner.

Noelle ne put masquer sa surprise.

— Tu as tout écrit ?

— Pour chaque repas. Et ça se termine avec la dinde et toutes les préparations de Noël.

Son grand-père avait un plan pour les repas ! Noelle n'en revenait pas. Finalement, peut-être y avait-il plus réfléchi qu'elle ne le pensait. Et de son côté, elle s'était sans doute inquiétée pour rien à propos de sa santé mentale.

Un détail toutefois la taraudait. S'il avait commencé à mettre sa stratégie au point depuis quelque temps, pourquoi ne lui en avait-il pas parlé ?

Elle avait bien l'intention de lui poser la question à la première occasion.

— J'adore la pizza ! déclara Tess.

Rufus eut un grand sourire bienveillant.

— Je m'en doutais.

Cependant, même si Rufus n'avait pas voulu partager son idée avec elle, Noelle devait admettre que celle-ci avait du bon. Peut-être les fêtes de Noël devaient-elles être l'occasion de rassembler des inconnus.

— Il semble que nous soyons très loin d'une pizzeria, remarqua Aidan d'un ton sceptique.

Pour toute réponse, Rufus sortit deux pizzas de son congélateur.

Tandis qu'il déplaçait ses précieuses pièces mécaniques, Noelle et Nana entreprirent de nettoyer derrière lui.

Du coin de l'œil, Noelle vit Aidan et Tess lire attentivement les instructions sur les emballages des pizzas, et mettre le four à chauffer.

Lorsque le repas se termina, les tensions s'étaient apaisées. Rufus accompagna ses invités dans les chambres – que Noelle avait subrepticement inspectées au préalable.

Là aussi, son grand-père avait pensé à tout. L'aspirateur avait été passé. Les draps étaient propres. La salle de bains de l'étage était impeccable. Il était évident qu'il s'était préparé à cet événement depuis un moment.

Peut-être à l'époque où Noelle avait commencé à sentir un changement dans sa voix, passant du défaitisme à l'enthousiasme à propos des fêtes.

Pourquoi tant de mystères ? Il aurait pu lui en parler, quand même.

Et pourtant, même si elle se sentait un peu blessée d'avoir été tenue à l'écart, toutes les conditions étaient réunies pour qu'elle participe à ce projet.

Une heure plus tard, Aidan et Noelle équipèrent Tess pour braver le froid et sortirent prendre l'air.

Tess et Smiley couraient devant eux dans la neige.

Aidan ne semblait pas à l'aise en transportant une hache, mais il avait eu l'air offensé quand Noelle avait proposé de la prendre, ainsi que la scie.

En haut d'une colline, juste avant qu'ils pénètrent dans le bois, Aidan s'arrêta et vérifia son téléphone.

— Ce n'est pas la peine, dit Noelle.

Il la regarda comme s'il avait oublié sa présence.

— Et alors, pourquoi ce changement de plan ? demanda-t-il d'un ton sarcastique. Vous aviez envie d'être seule avec moi ?

L'impression qu'il s'agissait d'une bonne idée se mit à danser dans l'esprit de Noelle, comme un mirage sur le point de disparaître.

Aidan était-il donc incapable de comprendre combien il était important qu'il passe du temps avec sa fille ? Ne voyait-il pas que l'absence de réseau était un cadeau ?

Elle aurait pu le lui dire, mais il devait le découvrir par lui-même.

— Je vais finir par me demander si vous ne faites pas une fixation sur moi, monsieur Phillips, dit-elle d'un ton doucereux.

Avant même qu'il ait eu le temps de riposter, elle poursuivit :

— Bien que je vous aie dit et répété que vous ne m'intéressiez pas, vous ne voulez pas le croire parce que vous êtes persuadé qu'il n'y a pas une femme au monde qui ne soit pas folle de vous. Donc, vous imaginez que j'ai orchestré ce tête-à-tête dans la forêt pour que vous voyiez à quel point j'excelle dans la coupe des sapins, et comme je suis à l'aise avec les enfants et les chiens. Vous allez en effet pouvoir constater que je suis de bonne humeur, que j'ai l'esprit pratique, et que je suis intelligente.

Il grimaça un sourire.

— Tout ça en vous regardant couper un sapin.

— Il ne s'agit pas seulement de le couper. La sélection est importante.

— Ah oui, j'oubliais : l'arbre va nous parler.

— C'est exact. Vous pouvez aussi ajouter l'intuition à la liste de mes qualités. Couper le sapin et le rapporter à la maison risque d'être plus compliqué que vous ne le pensez. Vous verrez aussi à quel point je suis forte…

Pince-sans-rire, elle ajouta :

— Et, naturellement, je pourrai moi-même admirer votre force. La force est importante pour une femme qui recherche un partenaire de vie. Peut-être plus que l'intelligence.

— C'est la deuxième fois que vous semblez douter de mon intelligence.

— Vraiment ? Je vais ajouter dans la colonne des « pour » le fait que vous savez compter.

— Je ne sais pas quoi répondre à cela.

— Je le note dans la colonne des « contre ». Manque de repartie.

Cette fois, il ne put s'empêcher de rire. D'un rire profond et harmonieux.

De petites rides s'étaient formées au coin de ses yeux bleus et de ses lèvres et, quand la dureté de ses traits cédait la place à une expression joyeuse, presque enfantine, il était incroyablement séduisant.

Tess revint en courant vers lui, ravie d'entendre son père rire et manifestement désireuse d'être associée à cette bonne humeur.

Aidan riait-il donc si rarement pour que ça attire ainsi l'attention de sa fille ?

— Quoi, papa ? Quoi ? demanda la fillette en tirant sur la manche d'Aidan.

— Notre nouvelle amie, Noelle, est très divertissante.

— Qu'est-ce que ça veut dire ?

— Drôle *et* intelligente, renchérit Noelle.

Était-ce un crime de vouloir faire à nouveau rire Aidan ? Et pas uniquement pour le bénéfice de Tess ?

Avant même que Noelle ait eu le temps de s'en rendre compte, Aidan posa la hache, ramassa une poignée de neige et la lança dans sa direction.

C'était arrivé si vite qu'elle n'avait pas eu le temps de

lever les mains pour se protéger. La neige toucha sa toque et coula sur son visage.

— J'espère que vous ne considérez pas ça comme une boule de neige, dit-elle en toussotant.

Elle soupira.

— Encore un point négatif pour vous.

Posant la scie, elle ramassa une grosse poignée de neige, et la roula dans ses mains pour la compacter.

Elle la leva pour l'inspecter, la fit passer d'une main à l'autre avec une moue satisfaite.

— Non, attendez ! protesta Aidan en levant les mains en signe de reddition.

Noelle lança son bras en arrière. Il poussa un cri et se mit à courir. La boule de neige explosa au milieu de son dos.

Tess éclata de rire, et le chien se mit à aboyer.

— Montre-moi comment on fait, demanda la fillette.

— Hé, ce n'est pas juste, protesta Aidan. Deux contre un.

— Au contraire, rétorqua Noelle. Quand on est en guerre, tous les moyens sont bons.

Elle confectionna une boule pour Tess, qui se mit à poursuivre son père. Celui-ci fit mine de fuir et ralentit pour qu'elle puisse le rattraper.

La petite fille riait si fort qu'elle pouvait à peine lancer la boule de neige, et encore moins viser. Mais elle savait comment faire maintenant. À genoux dans la neige, elle s'essaya à façonner son prochain projectile.

Et tandis qu'Aidan observait sa fille avec amusement, Noelle s'approcha à pas de loup. L'une après l'autre, elle lança les quatre boules qu'elle avait faites et qu'elle transportait dans le creux de son bras replié.

Bam, bam, bam, bam, en rafale.

— Où diable avez-vous appris à viser comme ça ? s'exclama Aidan.

— Je suis une fille de la campagne, lui rappela-t-elle. J'ai de la ressource.

— C'est noté.

Puis il se pencha, et fabriqua une boule parfaite entre ses mains gantées.

Tess envoya sa boule maladroitement formée et le toucha au genou.

Aidan feignit une grande douleur, tandis que sa fille hurlait de rire.

En quelques minutes, tandis que les boules volaient, l'air fut empli de rires, de cris, et d'aboiements de chien.

Une demi-heure plus tard, ils étaient tous couchés côte à côte dans la neige, trempés et épuisés d'avoir autant ri et joué.

— J'ai gagné, papa ? Est-ce que j'ai gagné la bataille de boules de neige ?

— Oh oui, cela ne fait aucun doute, dit Aidan.

Il tourna la tête vers Noelle.

— Vous êtes très douée pour distraire votre entourage, dit-il.

Il se releva et lui tendit les mains.

Après quelques secondes d'hésitation, Noelle les prit.

— Oh ! vous savez, dit-elle, quand on n'est pas belle, il faut bien trouver quelque chose pour compenser.

Sur le visage d'Aidan, l'amusement disparut, faisant place à une expression sérieuse.

Sans effort, il la hissa sur ses pieds et l'attira contre lui.

Elle était trop près de lui. Son odeur était entêtante.

Il fallait qu'elle s'écarte…

Il devait la libérer…

Mais elle ne s'écarta pas, et il ne la libéra pas.

— Pas belle ? répéta-t-il d'un ton incrédule. Mais vous dites n'importe quoi.

5

En découvrant la lueur qui venait de s'allumer dans les yeux d'Aidan, Noelle ressentit un étrange pincement au creux de l'estomac.

Tout à coup, elle avait l'impression d'être sortie de son corps et emportée vers un lieu céleste où s'assemblaient les anges.

Cet endroit était dangereux.

Cependant, bien qu'elle sache à quel point c'était dangereux, elle ne parvenait pas à rompre le lien entre eux. Entre leurs mains, leurs yeux, leurs corps si proches l'un de l'autre, et dégageant de la chaleur après tant d'activité physique. Même leurs souffles froids se mêlaient, comme s'ils respiraient l'essence même de leur être.

Noelle retira ses mains de celles d'Aidan, mais elle fut incapable de bouger davantage. Il buvait son visage comme s'il mourait de soif et qu'elle était une savoureuse boisson fraîche.

— Non, je ne suis pas belle ! décréta-t-elle avec force.

— Qu'est-ce qui vous fait penser une chose pareille ?

Elle ouvrit la bouche pour énumérer une longue liste de défauts, mais pas un mot ne sortit.

— Je le savais ! grommela-t-il avec une colère intimidante. C'est un crétin qui vous a fait croire ça dans le passé, peut-être même un passé récent.

Noelle ne pouvait toujours rien dire, stupéfaite par ce qu'elle lisait dans les yeux d'Aidan.

Il ne disait pas cela pour la réconforter.

Ce n'était pas une phrase toute faite.

Cela venait du plus profond de lui, là où il n'y avait ni mensonge ni trahison, rien que la vérité.

Et si elle en doutait, Aidan retira son gant et tendit la main vers elle avec une douceur qui faillit la faire pleurer tant elle était une affirmation de sa sincérité.

Ses doigts chauds et doux caressèrent sa joue.

— Vous êtes très belle, dit-il d'une voix suave. Vous êtes peut-être la plus belle femme que j'aie jamais rencontrée.

Noelle entrouvrit les lèvres et sentit que sa bouche se rapprochait irrésistiblement de celle d'Aidan.

— Papa, tu vas embrasser Noelle ?

La petite voix curieuse les sépara immédiatement.

Aidan laissa retomber sa main et la fourra dans sa poche.

— Bien sûr que non.

— Mais non, voyons ! surenchérit Noelle.

Aidan regarda autour de lui.

— Je me demande où est passée cette hache.

— Quand vous la trouverez, la scie ne sera pas loin.

Puis la tension nerveuse entre eux se brisa, et ils se mirent à rire tous les trois en donnant des coups de pied dans la neige, jusqu'à ce qu'ils retrouvent les outils.

De nouveau concentrés sur leur mission, ils s'engagèrent dans une futaie.

— Ici, il y a surtout des sapins baumiers, expliqua Noelle. Ses aiguilles plates ne sont pas piquantes, et sont très odorantes. On l'utilise en parfumerie pour sa note boisée.

Elle prit une profonde inspiration.

— Vous sentez cette odeur ?

— Oui, je la sens ! s'exclama Tess.

— C'est mon grand-père qui a planté ces sapins, et je trouve que ce sont les meilleurs pour Noël.

Ils déambulèrent à travers les rangées d'arbres, évaluant celui-ci et celui-là, et Tess se pencha sur certains pour les sentir et écouter s'ils lui parlaient.

— Vous devriez lui expliquer que les arbres ne parlent pas, remarqua Aidan.

— Ah, homme de peu de foi, répliqua Noelle. Quand avez-vous cessé de croire à la magie ?

Il ne répondit pas et s'empressa de détourner la tête. Noelle en conclut que cela remontait à très longtemps.

Soudain Tess, qui bondissait d'arbre en arbre, telle une abeille pollinisant des fleurs, s'arrêta devant l'un d'eux.

Elle inclina la tête et se tint immobile.

Puis elle se retourna et les regarda, l'air incrédule.

— Il a murmuré, dit-elle.

De surprise, Aidan fit un pas en arrière, puis il regarda Noelle.

— Quel genre de magicienne êtes-vous ?

— Apparemment, une belle magicienne, répondit-elle en souriant.

— Ce sont les plus dangereuses.

Et soudain, le souvenir de ce baiser esquissé se mit à danser entre eux.

Qu'un homme comme Aidan Phillips lui dise qu'elle était dangereuse avait quelque chose de grisant.

Mais elle ne devait pas trop s'attarder sur cette pensée.

— Vous ne connaissez pas la véritable signification du mot dangereux, dit-elle. Mais le fait de couper un arbre pourrait changer la donne.

— Je pense qu'il y a toutes sortes de dangers. Et parfois, les plus subtils sont infiniment plus menaçants que la lame aiguisée d'une hache.

— Est-ce qu'il est parfait ? demanda Tess.

Ils se retrouvèrent tous les trois à contempler l'arbre. Il faisait environ un mètre soixante-dix, et il était recouvert de neige.

Aidan s'avança et le secoua. La neige glissa des branches et tomba sur son dos.

— Tout va bien, affirma-t-il. Je contrôle la situation.

Sans la neige, le sapin apparaissait bien garni et équilibré d'un côté… et nettement moins de l'autre.

Même s'il semblait grand du point de vue de Tess, sa taille n'avait rien d'exceptionnel. Les branches étaient trop écartées par endroits. L'une d'elles avait été abîmée, et les épines avaient roussi. La tête avait poussé de travers, et donnait au sapin un air penché.

C'était, sans aucun doute, le plus beau des sapins de Noël.

Une heure plus tard, Noelle faisait un constat amusé.

— Je vais essayer de prendre des pincettes pour vous le dire : vous n'êtes pas un bûcheron.

Aidan avait à présent retiré son blouson et de la sueur perlait à son front.

Pour tout dire, Noelle aurait pu aller chercher la tronçonneuse. Mais ça aurait été beaucoup moins drôle.

Mais ce n'était pas uniquement une question d'amusement. Il y avait quelque chose de très excitant à observer Aidan employant sa force contre les éléments.

En outre, depuis ce presque baiser, les sens de Noelle s'étaient développés.

La lumière, surtout quand elle jouait dans les cheveux noirs d'Aidan, était exquise.

L'odeur de l'arbre s'était intensifiée tandis que la hache attaquait l'écorce.

Le rire de Tess, tandis qu'elle dessinait son nom dans la neige à l'aide de l'empreinte de ses pas, emplissait l'air d'une musique céleste.

Sa remarque sur les piètres capacités de bûcheron d'Aidan lui valut un regard désabusé, avant qu'il renouvelle ses efforts pour abattre le sapin.

Bientôt, l'arbre ne tint plus debout que par quelques fragments de fibre de bois.

— Les femmes, les enfants et les chiens à l'abri ! cria-t-il. Ça va tomber.

L'arbre ne tomba pas, mais se coucha doucement, en laissant échapper une sorte de gémissement. Plusieurs de ses branches se brisèrent, le rendant encore moins parfait qu'avant.

— Finalement, c'était quelque peu décevant, déclara Aidan, le souffle court.

La nuit tombait de bonne heure à cette période de l'année, aussi faisait-il déjà sombre quand ils reviennent à la maison en tirantle sapin dans la neige.

Ils étaient fatigués, essoufflés… et ravis.

Ils firent une pause pour admirer le paysage.

Le soleil se couchait et l'obscurité recouvrait déjà la vallée. Mais les cimes enneigées baignaient encore dans une lumière flamboyante où se côtoyaient toutes les nuances de rouge : de l'orange aveuglant au pourpre éclatant, en passant par des roses du plus profond au plus pâle.

Une chouette hulula, tandis que plus loin une meute de loups entamait une mélopée sauvage.

Aidan s'en étonna.

— Il y a des loups ?

— Oui. C'est relativement récent.

— Ils sont de l'autre côté de ce champ.

Son inquiétude fit sourire Noelle.

— Non. Le son porte loin par des nuits comme celle-ci. Je ne pense pas qu'ils soient près de nous. Et ce n'est pas un champ. Mais je comprends que ce soit trompeur, avec toute cette neige. C'est un étang. Mon grand-père le nettoie toujours à Noël pour que nous puissions patiner.

— Oh ! c'est dommage que nous n'ayons pas de patins,

s'exclama-t-il. Remarquez, ça fait des années que je n'ai pas patiné. Quant à Nana, je n'ose même pas imaginer…

Ils partirent ensemble d'un grand rire.

Une lumière s'alluma dans la maison, projetant un halo doré derrière la vitre.

On aurait dit qu'elle les appelait, leur promettant la chaleur et la sécurité d'un foyer.

Puis une porte claqua.

— Vous avez bientôt terminé ?

La voix aiguë de Nana leur parvint aussi distinctement que le hurlement des loups.

— L'art, ça prend du temps ! lui cria Rufus. Où étiez-vous ? J'avais besoin que vous me tendiez la guirlande numéro quatorze. J'ai dû descendre la chercher moi-même. Je suis vieux. Je ne peux pas monter et descendre une échelle des centaines de fois.

C'était sans doute la première fois que Noelle entendait son grand-père dire de lui qu'il était vieux.

— Oh ! taisez-vous ! Est-ce qu'il vous arrive d'arrêter de vous plaindre ?

— Vous pensez qu'ils se disputent comme ça depuis que nous sommes partis ? demanda Aidan.

Il ne faisait aucun effort pour cacher son amusement.

— Sûrement. Je ne comprends pas ce qui se passe. Mon grand-père ne se comporte jamais comme ça.

— Vous ne comprenez pas ce qui se passe ?

Aidan l'observait avec intérêt. Un sourire retroussait le coin de ses lèvres.

— Non. Et vous ?

— C'est un jeu vieux comme le monde.

— Quoi ?

Noelle était sincèrement choquée.

— Mais… cela ne fait que quelques mois que ma grand-mère n'est plus là. Ce n'est pas bien.

— C'est peut-être ce qu'il pense aussi, suggéra Aidan d'une voix douce. Et il fait des efforts pour lutter contre.

— Ils ne s'apprécient pas, insista Noelle.

Et soudain, elle comprit qu'elle avait dit la même chose à Aidan.

« Je commence à vous détester. »

Et il avait aussi prononcé ces mots.

Mais quelques heures plus tard, malgré cette animosité initiale, ils avaient failli s'embrasser.

Un frisson courut le long de sa colonne vertébrale, à la pensée qu'elle jouait peut-être avec Aidan à un jeu vieux comme le monde.

Il fallait que ça s'arrête.

Ça ne pouvait se terminer que par une peine de cœur.

La voix de Rufus s'éleva à nouveau.

— Vous pourriez au moins vous rendre utile !

— C'est ce que je faisais. Je regardais ce qu'il y avait pour le dîner.

— J'espère que vous n'avez pas mis votre nez dans mon planning.

— C'est déjà dans le four.

— J'ai établi des menus très précis.

— Oh ! eh bien, je crois que je sais comment réchauffer des lasagnes congelées.

— Ce n'est pas pour ce soir ! Ce soir, c'était chou farci. J'ai demandé à Mme Bentley de le marquer sur les contenants.

Noelle sourit. Son grand-père était si organisé qu'il avait demandé à une de ses voisines de cuisiner pour lui et de congeler les plats.

C'était adorable… Mais un soupçon la tenaillait. Tout cela avait demandé beaucoup de préparation. Pourquoi Rufus ne lui avait-il pas confié ce qu'il avait en tête ?

Apparemment, l'aspect charmant de tous ces efforts

de la part d'un vieux veuf qui ne voulait pas rester seul à Noël laissait la gouvernante complètement indifférente.

— Oh ! ne soyez pas aussi rigide ! L'étiquette a dû se décoller. Les jeunes ne vont pas tarder à rentrer, et ils auront faim. D'ailleurs, ils devraient déjà être là. J'espère qu'il ne leur est rien arrivé.

— Ils ont dû être attaqués par cette meute de loups ! Ils sont sans doute en train de se faire dévorer tandis que nous parlons.

— Quelle meute de loups ?

— Vous ne les entendez pas ? Si vous arrêtiez de parler deux minutes… Branchez la lumière.

Nana poussa un cri suraigu.

— Des loups ?

— Allumez donc cette fichue lumière !

Et dans le soudain silence et l'obscurité grandissante, les décorations lumineuses se mirent à clignoter.

Rouges, jaunes, bleues et vertes, les ampoules longeaient la descente du toit et projetaient des bulles colorées sur la neige. Il y en avait aussi autour des piliers de soutien de la galerie, et des fenêtres.

Noelle était médusée que deux personnes âgées aient pu faire tout ça en si peu de temps.

Peut-être, au-delà des chamailleries, y avait-il une certaine magie dans l'air.

C'était en tout cas le message que faisait passer la maison. En l'espace d'un après-midi, le vieux ranch s'était transformé en maison de pain d'épice.

Dans le silence, Noelle eut l'impression d'entendre une petite voix.

« Il y a une autre façon de terminer cette histoire, disait-elle. Tous les contes de fées s'achèvent sur une promesse d'avenir heureux. »

L'image de la robe rouge passa alors dans son esprit.

C'était sa façon à elle de se rappeler les rêves brisés.

Ce n'est pas un conte de fées, se dit-elle avec fermeté.

Il était ridicule d'imaginer Aidan dans le rôle du prince, même s'il lui avait dit qu'il la trouvait belle et qu'il avait failli l'embrasser.

Il avait été très clair sur un point : la romance ne l'intéressait pas.

S'emparant à nouveau du sapin, Noelle s'arracha à la magie de l'instant et commença à avancer vers la maison.

Aidan et Tess se joignirent à elle et ils hissèrent l'arbre sur le perron.

Rufus et Nana admirèrent leur découverte et déclarèrent qu'il était parfait.

— On va le décorer ce soir ? demanda Tess.

Puis elle se mit à sautiller autour en chantonnant :

— S'il vous plaît, s'il vous plaît, s'il vous plaît.

Noelle comprit alors que l'espoir mêlé d'enthousiasme d'une petite fille rendait très compliquée la décision d'ignorer la magie.

6

Finalement, le sapin ne fut pas décoré ce soir-là.

Malgré un vaillant effort pour garder les yeux ouverts, Tess s'endormit pendant le dîner.

Elle sombra d'un seul coup, les doigts crispés autour de sa fourchette. Soudain, elle s'affaissa, la fourchette tomba, et elle aurait glissé vers le sol si son père ne s'était pas levé précipitamment pour la redresser.

Tandis qu'Aidan baissait les yeux vers le visage endormi de Tess, Noelle songea que ce moment aurait mérité d'être reproduit sur un tableau.

Un père et sa fille.

La force et la vulnérabilité.

L'autonomie et la dépendance.

L'expérience et l'innocence.

Le visage d'Aidan était tout en contrastes. Sous la douceur de l'amour se ressentait un fort instinct de protection. On sentait qu'il était prêt à donner sa vie pour cette enfant qu'il tenait dans ses bras.

Lorsqu'il sortit de la salle à manger, Noelle sentit la fatigue l'envahir à son tour. La journée avait été chargée en surprises, en activité physique et en tours et détours émotionnels oscillant entre excitation et épuisement.

— Laissez la vaisselle, dit-elle à Nana et Rufus. Je m'en occuperai demain matin. Bonne nuit.

Elle avait hâte de retrouver le cocon douillet de sa chambre.

Rien n'avait changé au fil du temps.

Sur le lit à barreaux métalliques, il y avait toujours le plaid en fausse fourrure rose doublée de polaire, et les coussins roses et blancs qu'elle avait apportés quand elle avait douze ans.

Sa grand-mère avait cousu les rideaux de satin à pois roses, et les avait agrémentés de dentelle.

À présent qu'elle était adulte, tout cela lui semblait excessif, comme si la chambre était le croisement malencontreux entre une barbe à papa et un tutu.

La version adolescente d'elle-même était représentée par des photos tirées au format poster et fixées au mur.

Sur l'une, on la voyait au milieu d'un champ de tournesols. Sur l'autre, elle posait devant la grange avec un arc-en-ciel en arrière-plan. Le message qu'elle en retirait à l'époque était de rêver sans limites et de ne jamais renoncer.

Une photo de ses parents dans un cadre d'argent était posée sur la commode en pin.

Hormis l'ajout des posters quand elle avait seize ans, elle n'avait rien changé à mesure que les années s'écoulaient. Elle avait toujours adoré sa chambre comme elle était, même quand elle avait été assez âgée pour avoir envie d'autre chose.

Aujourd'hui encore, elle adorait les souvenirs de son ancienne vie, le plaid qu'elle avait choisi avec sa mère…

Le lit était double, pourtant quand elle était venue ici avec Mitchell pour le présenter à ses grands-parents, elle avait occupé son ancienne chambre, et il avait dormi dans une petite pièce au bout du couloir.

Même s'ils savaient qu'elle vivait avec Mitchell, ses grands-parents n'approuvaient pas cet arrangement, et

Noelle avait compris qu'il serait irrespectueux de partager un lit avec son petit ami sous leur toit.

Elle se réjouissait à présent que cette chambre soit ce qu'elle avait toujours été, sans être entachée de mauvais souvenirs. Un petit paradis, le refuge contre un monde qui s'était souvent montré cruel à son égard.

Elle sortit son pyjama de sa valise, l'enfila et se glissa entre les draps.

D'habitude, la campagne était plongée dans l'obscurité. Mais ce soir, la lumière des décorations de Noël se réverbérant sur la neige éclairait sa chambre aux couleurs de l'arc-en-ciel.

Savourant le contact des draps de lin fraîchement lavés, et pensant au travail qu'avait accompli son grand-père pour les accueillir, elle et les autres invités, elle réalisa qu'elle n'avait pas discuté avec lui.

Elle se rendit compte aussi qu'elle n'était pas allée au fenil pour tenter de capter un signal et vérifier avidement les nombreuses publications de Mitchell sur les réseaux sociaux.

Il n'était pas trop tard pour le faire. Elle pouvait se relever.

Elle entendait Rufus et Nana en bas, le cliquètement des couverts qu'ils étaient en train de laver, leur voix étouffée, dont le ton était celui de la conversation.

Pour une fois.

Ce n'était pas le moment de les déranger. Elle trouverait bien une autre occasion de demander à son grand-père pourquoi il l'avait tenue à l'écart de ses projets pour Noël.

En revanche, elle pouvait se glisser discrètement à l'extérieur et consulter son téléphone…

Mais ses muscles étaient endoloris d'avoir couru dans la neige et transporté le sapin. Elle n'avait pas envie de quitter l'espace sécurisé de sa chambre et de s'arracher à la douce chaleur du plaid.

Elle se sentait merveilleusement bien au chaud dans son

lit, sensible au contact des draps sur sa peau, s'abandonnant à la langueur qui commençait à envahir son esprit et son corps.

Puis elle entendit des bruits, et comprit qu'Aidan avait dû mettre Tess au lit, dans la petite chambre mansardée au bout du couloir.

Tendant l'oreille, elle l'entendit gagner la salle de bains. Il devait se laver les dents… Mais l'eau continua à couler. Peut-être était-il en train de se raser…

Tout cela était tellement intime.

Puis elle entendit le bruit de ses pas devant sa porte tandis qu'il regagnait la chambre voisine de la sienne.

À travers les vieux murs, si fins que tous les bruits les traversaient, elle entendit Aidan se déshabiller.

Les ressorts du sommier grincèrent sous son poids.

Il sembla à Noelle qu'il n'avait pas eu le temps d'enfiler quoi que ce soit.

Et s'il s'était glissé nu entre les draps ?

Cette pensée la fit rougir.

Elle se demanda si elle y repenserait la prochaine fois qu'elle le verrait.

Son propre pyjama – en flanelle rouge imprimée de pingouins affublés de bonnets de lutin – lui semblait maintenant totalement inadéquat. Elle l'avait choisi pour le ranch, pour déballer les cadeaux avec son grand-père le matin de Noël, pas dans le but de faire impression sur Aidan Phillips.

Allait-elle devoir se changer à chaque fois qu'elle voudrait emprunter le couloir pour se rendre à la salle de bains ?

Pourquoi ?

Pour impressionner Aidan Phillips ?

Pour qu'il lui dise à nouveau qu'il la trouvait belle ?

C'était étrange. Il lui semblait tout à coup que le sanctuaire que représentaient la maison et sa chambre avait été profané. Comme si une subtile tension s'était insinuée dans son nid confortable.

Elle n'avait jamais senti cela quand Mitchell se trouvait au bout du couloir.

— Robe rouge, marmonna-t-elle, pour se rappeler la douleur des rêves brisés et s'interdire de céder aux fantaisies romantiques débilitantes.

Elle ne parviendrait plus à dormir, maintenant, songea-t-elle en regardant les sphères de couleurs éthérées que les guirlandes de Noël dessinaient au plafond.

Et ce fut sa dernière pensée avant le lendemain matin.

Aidan resta un long moment étendu dans ce lit inconnu, revivant sa journée en pensées.

La pièce était modeste, bien loin de ce à quoi il était habitué.

Le lit étroit était glissé sous un rampant du toit, ce qui donnait une impression de confinement, et le papier peint démodé était marqué par d'anciennes auréoles d'humidité, comme s'il y avait eu une fuite dans la toiture, aujourd'hui réparée.

Un ressort s'enfonçait dans son dos, à travers le matelas de laine réduit à l'état de galette. Les guirlandes clignotantes dispensaient leur lumière de façon intermittente, et c'était vraiment agaçant.

Mais le pire était qu'il avait failli embrasser une femme qu'il connaissait à peine.

Lui, le champion du self-control !

Il lui avait dit qu'elle était belle et l'avait vue, telle une fleur au soleil, s'épanouir sous le compliment comme si elle n'avait pas l'habitude d'en recevoir.

Il se considérait comme un homme intelligent. Et il savait ce qu'il serait intelligent de faire. Ce serait d'annoncer demain matin, dès le réveil, qu'un contretemps s'était produit et qu'ils ne pourraient pas rester pour Noël, finalement.

Puis il se rappela combien Tess s'était amusée, s'émerveillant de petites choses. Son attachement au vieux chien, sa joie dans la neige, sa surprise en découvrant le sapin parfait, son heureuse fatigue à la fin de la journée…

Il ne se rappelait pas un jour où elle n'avait pas étalé sa collection de livres en réclamant une histoire avant d'aller se coucher. Ce soir, elle n'avait même pas sorti ses livres de sa valise.

Voulait-il vraiment détruire le Noël de Tess pour se protéger ?

Non, c'était impossible.

Mais il devait se tenir sur ses gardes.

— Sur mes gardes…, murmura-t-il, très doucement pour que sa voix ne porte pas à travers les murs fins comme du papier à cigarettes.

Sur mes gardes, sur mes gardes, sur mes gardes… Ce mantra prenait un rythme obsédant, comme si une magie involontaire se faufilait insidieusement en lui.

Soudain, il comprit qu'il pouvait faire tout ce qu'il voulait pendant quelques jours.

Pas de rendez-vous, aucune responsabilité, si ce n'était celle de faire le bonheur de sa fille.

Peut-être n'était-il pas un père si maladroit, finalement…

Noelle fut réveillée par des bruits familiers : son grand-père qui ouvrait la porte de service pour rentrer du bois, le crissement des grains de café broyés dans le moulin à main, la porte du vieux poêle grinçant sur ses gonds…

Elle consulta la pendulette sur sa table de chevet : il était vraiment tôt.

Noelle se leva, hésitant à changer de pyjama. Faire un effort vestimentaire était pour elle comme avouer à

Aidan qu'elle ne se sentait pas à l'aise chez elle, avec ses vêtements habituels.

Donc, par provocation, elle resta en pyjama. Et elle ajouta par-dessus une vieille robe de chambre en flanelle. Puis, avertie que les sols de la vieille maison pouvaient être aussi froids que la glace en hiver, elle glissa ses pieds dans des bottillons fourrés – les seuls chaussons qu'elle avait apportés…

Rufus était agenouillé devant le poêle et remuait la braise avec le tisonnier, ranimant quelques restes de chaleur de la nuit dans un crépitement d'étincelles rougeoyantes.

— Tu es levée de bonne heure, dit-il. Tant mieux. J'ai quelque chose à te montrer.

Il prit un dossier sur le dessus du réfrigérateur, et le lui présenta avec fierté.

Intriguée, Noelle l'ouvrit.

— On peut trouver tellement de choses sur Internet, dit son grand-père en se penchant par-dessus son épaule. À la bibliothèque municipale, ils ont une imprimante qu'on peut utiliser. Ça coûte vingt-cinq cents la feuille.

À en juger par l'épaisseur du dossier, la bibliothèque allait bientôt pouvoir s'acheter une nouvelle imprimante, rien qu'avec le nombre de tirages faits par Rufus.

Dans le dossier, on trouvait des idées d'activités de plein air pour les enfants : colorer de la neige avec des sprays remplis d'eau et de colorant alimentaire, faire des globes de glace avec de l'eau congelée dans des ballons de baudruche, créer des châteaux de neige, fabriquer des mangeoires pour les oiseaux…

— Eh bien ! dit Noelle, en refermant le dossier.

— Laquelle de ces activités allons-nous faire aujourd'hui avec Tess ? demanda Rufus.

— Nous pourrions la laisser choisir. Mais je pense que la matinée va être consacrée à la décoration du sapin.

— Toutes les décorations sont dans un grand carton, dans le grenier. Je n'ai qu'à le descendre.

— Ça fait un petit moment que tu rassembles des idées, on dirait.

Rufus hocha la tête avec enthousiasme.

— Et tu as fait beaucoup d'efforts pour planifier les repas, et faire le ménage dans les chambres.

Il parut deviner que ça allait donner lieu à une franche discussion et se déplaça vers son moulin à café.

Tout en observant Noelle du coin de l'œil, il commença à mesurer le café moulu et à le verser dans le filtre de sa cafetière à l'ancienne.

— Pourquoi ne m'as-tu rien dit ? Je suis ta petite-fille. Tu aurais pu me mettre au courant. Pourquoi faisais-tu des projets de Noël sans moi ?

— Sans toi ? C'est ridicule. Je ne pourrais jamais passer Noël sans toi.

— Ce n'est pas de ça que je parle. J'évoquais l'annonce sur I-Sell à propos de ton Noël à l'ancienne. Pourquoi tu ne m'as pas dit que nous aurions des invités ?

— C'était une surprise.

— Tu sais que je n'aime pas les surprises.

Ils furent interrompus par un cri strident.

— Arrête ! Arrête ! Sale bête !

Noelle se précipita à l'étage, Rufus derrière elle.

En haut de l'escalier, Aidan sortait de sa chambre. Elle faillit lui tomber dans les bras.

Malgré les cris qui persistaient, elle eut l'impression que tout se figeait autour d'elle.

Aidan avait les cheveux emmêlés, la mâchoire ombrée d'une barbe naissante…

Et il était nu.

Ou presque.

Il ne portait que son pantalon de pyjama, et la vision de son torse était particulièrement agréable.

La beauté de son corps était si fascinante qu'elle en ignora totalement le fait que Nana, apparemment, était en train de se faire assassiner dans sa chambre.

Le bas de pyjama d'Aidan était en tissu écossais vert et blanc ; il le portait bas sur les hanches. Ses pieds étaient nus.

Pourquoi Noelle n'avait-elle jamais remarqué que des pieds nus pouvaient être incroyablement sexy ?

— Laisse-moi ! cria Nana.

— Oh ! arrêtez vos simagrées, protesta Rufus. Ce n'est qu'un chien.

Il semblait à Noelle que le regard d'Aidan s'attardait un peu trop sur ce qui apparaissait de sa jambe de pyjama, sous l'ourlet de la robe de chambre.

Ses pieds à elle n'étaient pas délicieusement nus et sexy. Oh ! non. Ils étaient cachés dans des bottillons fourrés que ses grands-parents lui avaient offerts pour affronter les hivers rigoureux au ranch.

— Ça représente quoi, les trucs sur votre pyjama ? demanda-t-il. Macaron le glouton ?

Apparemment, il était lui aussi capable de faire abstraction des cris d'orfraie de Nana.

— Non, ce n'est pas le gentil monstre de Rue Sésame. Ce sont des pingouins.

Elle redressa le menton, juste pour lui faire savoir qu'elle se moquait de ce qu'il pensait.

Même si ce n'était pas vrai.

Mais alors, pas du tout.

Soudain, il pivota sur ses talons et se dirigea vers le fond du couloir.

Dans un état second, Noelle le suivit, et ils se retrouvèrent bientôt sur le seuil de la chambre de Nana.

Smiley avait sauté sur le lit, bloquant la gouvernante sous les couvertures et lui léchant le visage avec enthousiasme.

Rufus s'avança et souleva le chien dans ses bras, sans parvenir à masquer l'expression moqueuse de son visage. Il semblait d'autant plus ravi qu'il avait réussi à échapper aux questions de Noelle.

Mais soudain, Nana éclata en sanglots, et enfouit le visage dans ses mains.

— J'étais en train de faire un cauchemar. Il y avait des loups et…

Redevenu sérieux, Rufus tendit le chien à Aidan, puis il se tourna vers Nana.

— Allons, allons, dit-il d'un ton gêné.

Il écarta une main de son visage et la tapota maladroitement.

La gouvernante tourna la tête et l'enfouit dans le creux de son épaule.

Rufus leva une main vers son dos, et le massa en petits cercles réconfortants.

— Allons, allons, répéta-t-il. Tout va bien. Vous êtes en sécurité.

7

Aidan sortit rapidement à reculons de la chambre en tenant fermement le chien dans ses bras.

Il lâcha l'animal dans le couloir et ferma la porte, comme si Nana et Rufus avaient besoin d'intimité.

— Elle est toujours… euh… comme ça ? demanda Noelle.

Le couloir semblait très étroit. L'imposante silhouette d'Aidan en emplissait tout l'espace, et elle avait l'impression que son torse la frôlait.

Une mèche de cheveux lui tombait sur le front, et elle dut enfoncer la main dans la poche de sa robe de chambre pour résister à l'envie de la repousser en arrière.

Robe rouge. Robe rouge. Robe rouge.

— Non, répondit Aidan, en ignorant tout de son tourment intérieur. Jamais. Elle est généralement très stoïque.

— Papa !

Une nouvelle distraction, Dieu merci, songea Noelle.

— Un charmant matin calme au ranch ? demanda Aidan.

Il lui adressa un clin d'œil complice et se dirigea vers sa fille, qui se tenait sur le seuil de sa chambre, indécise. Il la souleva dans ses bras.

— Pourquoi Nana crie comme ça ? demanda Tess d'une voix apeurée.

— Parce qu'elle a fait un mauvais rêve.

— Comme moi quand j'en fais ?

La peur se dissipait déjà, la voix calme de son père agissant comme le soleil sur le brouillard.

— Oui, dit-il. Tout va bien.

Aidan revint en tenant précautionneusement sa fille dans ses bras. Noelle se passa la main dans les cheveux pour y remettre de l'ordre. Mais c'était peine perdue.

— J'aime bien ton pyjama, déclara Tess d'un ton solennel. Et aussi tes chaussons.

Soudain, Noelle fut ravie d'avoir gardé sa tenue confortable.

— Merci.

— J'ai très, très faim, poursuivit Tess.

Et c'était tout à fait compréhensible, étant donné qu'elle s'était endormie pendant le dîner.

— Qu'est-ce que tu veux pour le petit déjeuner ?

La fillette cita une marque de céréales très appréciées des enfants.

— Je vais voir ce que nous avons.

Aidan posa sa fille, et regagna sa chambre pour s'habiller.

Tess et Noelle descendirent, et mirent le chien dehors.

Étonnamment, Rufus avait les céréales.

Mais peut-être n'était-ce pas si étonnant que ça, songea Noelle.

Puisque son grand-père était si bien organisé, il avait probablement envoyé des questionnaires pour connaître les goûts de chacun.

Et ce fut ainsi que commença la matinée.

Compte tenu de ses débuts agités, tout se passa bien ensuite.

Lorsque Rufus descendit, il sifflotait. Et lorsque Nana entra à son tour dans la cuisine, une vingtaine de minutes plus tard, elle semblait détendue et presque heureuse.

— Je vais faire des pancakes, annonça Rufus.

— Nous avons déjà pris des céréales, dit Noelle.

Il parut dépité, jusqu'à ce que Nana affirme qu'elle adorait les pancakes.

Elle ajouta qu'elle ne pouvait résister aux hommes qui savaient cuisiner, et Rufus se rengorgea tandis qu'il décrochait sa poêle en fonte suspendue au-dessus du fourneau.

Noelle se précipita dans le salon pour laisser libre cours à son hilarité. Aidan l'imita, et ils rirent jusqu'à en avoir mal aux côtes.

Après le petit déjeuner, ils installèrent le sapin sur son support, avec « l'aide » de Tess, et entreprirent de le décorer.

Aidan évita de justesse les mots interdits devant les enfants tandis qu'il essayait de démêler les guirlandes, avec un manque de patience qui en devenait comique.

Rufus mit de la musique de Noël malgré les grommellements d'Aidan qui semblaient un peu surjoués. Tess fut chargée de décorer le bas de l'arbre, comme elle en avait envie, tandis que les adultes se chargeaient du haut.

Quand ce fut fini, tout le monde s'extasia, et on passa outre les protestations de Nana, là aussi contrefaites, qui affirmait qu'une tasse de chocolat chaud allait leur couper l'appétit.

Finalement, tout le monde se retrouva assis dans le salon, à siroter la boisson sucrée et odorante, tout en admirant le sapin.

Même s'ils étaient encore des inconnus les uns pour les autres, ils donnaient l'impression, pour quelqu'un qui les aurait observés de l'extérieur, d'être une vraie famille.

Probablement parce que Tess leur avait apporté quelque chose qu'ils n'auraient pas eu sans elle : la magie de préparer Noël pour un enfant.

Noelle se rappela soudain quelque chose.

— Oh ! une dernière chose ! La maison n'est pas

vraiment prête pour les fêtes tant que la couronne n'a pas été fixée sur la porte.

Elle se leva et fouilla dans le carton jusqu'à ce qu'elle la trouve.

Elle l'avait fabriquée avec sa grand-mère, en tressant de vieux cordages réunis en cercle. Elle y avait entrelacé un ruban rouge – autrefois vif, mais à présent délavé – qui se terminait par un gros nœud. Tout autour de la couronne, des lettres en bois, peintes en vert par Noelle quand elle était petite et que ses parents étaient encore en vie, formaient le mot ESPOIR.

Aidan observait sa découverte d'un air suprêmement dégoûté, et elle pouvait le comprendre. L'ornement avait mal vieilli et ressemblait à une guenille. Mais elle l'adorait.

Ça lui donnait l'impression que sa grand-mère était encore là. Que l'amour qu'elles avaient partagé existait toujours.

Noelle se dirigea en chaussettes jusqu'à la porte d'entrée et l'ouvrit.

— Vous avez besoin d'aide ?

Elle se retourna et vit qu'Aidan l'avait rejointe.

— Vous n'avez pas l'air très impressionné par la couronne de ma grand-mère.

— Vraiment ? demanda-t-il.

— Non.

— Je suis cynique, c'est tout. Ce n'est pas la couronne en elle-même. C'est le mot.

— Espoir ?

— Mouais. Qu'est-ce que ça veut dire exactement ?

Elle le dévisagea avec stupéfaction.

— N'est-ce pas évident ?

Il insista.

— Expliquez-moi.

— C'est l'esprit de Noël. On espère l'amour, la santé, la joie, un monde meilleur… On espère que les problèmes se résoudront. On espère pouvoir un jour penser aux défunts en éprouvant de la paix plutôt que du chagrin…

— Ça en fait des choses.

— Eh bien, tout le monde sait qu'à Noël on peut tout espérer.

— Moi, je crois qu'il n'y a rien de plus dangereux que l'espoir. C'est terriblement douloureux d'espérer et de ne pas être exaucé.

— Je ne sais pas si c'est du cynisme, dit Noelle d'une voix douce. Je trouve surtout que c'est triste.

— Finalement, je vous aide ou pas ?

— Non, merci. C'est gentil de le proposer, mais je préfère le faire seule.

— Comme vous voulez.

Et il retourna dans la maison, la laissant seule avec ses pensées.

Qui pouvait bien penser que l'espoir était dangereux ?

Quelqu'un qui avait beaucoup souffert.

Il avait dû aimer passionnément sa femme.

Noelle prit son temps pour accrocher la couronne, et quand elle rentra le déjeuner était prêt.

Au grand dam de Rufus, qui avait prévu de la soupe et des petits pains briochés, Tess avait demandé un sandwich au beurre de cacahuète et à la confiture.

La fillette n'en mangea que la moitié, et Nana marmonna que c'était le chocolat chaud qui lui avait coupé l'appétit.

Le repas terminé, Rufus sortit son dossier d'activités, mais Nana grimaça et suggéra de confectionner une maison en pain d'épice.

— Je ne sais pas ce qu'il faut pour fabriquer ça, protesta Rufus.

Apparemment, il n'appréciait pas trop de devoir dévier de ses plans pour la deuxième fois en moins d'une heure.

— Vous pensez être le seul à avoir de bonnes idées ? demanda Nana d'un ton pincé.

La trêve était apparemment terminée entre eux.

— Dehors… Allez hop ! Je m'occupe du pain d'épice.

En marmonnant, Rufus annonça qu'il avait des choses à faire dans la grange.

— Vous avez besoin d'aide ? demanda Aidan.

— J'ai surtout besoin qu'on me fiche la paix !

Seule Noelle savait qu'il se montrait grossier parce qu'il essayait de cacher un poney.

— Et si on faisait un bonhomme de neige ? proposa-t-elle.

— Je crois que le terme exact serait plutôt « créature » de neige, dit Aidan en riant.

La neige n'allait pas du tout. Elle était trop froide et poudreuse et se compactait mal. La « créature » de neige s'effondra deux fois, avant qu'Aidan suggère d'ajouter de l'eau. Le résultat fut affreux. Le bonhomme était petit, tout penché, et les cailloux censés former ses yeux n'arrêtaient pas de tomber.

Pourtant, Tess déclara qu'il était parfait.

Rufus ne revint pas pour participer à la confection de la maison de pain d'épice, et ce ne fut pas plus mal.

À l'instar du bonhomme de neige, ce fut loin d'être une réussite. Les boules de gomme utilisées comme décorations ne tenaient pas. Un des murs menaçait de s'écrouler sous le poids du glaçage. Un morceau finit par se détacher, et Aidan le mangea avant qu'ils aient le temps de le refixer.

En bref, le résultat était plutôt décevant, mais Tess affirma que c'était la plus belle maison en pain d'épice du monde.

Ce soir-là, les invités allèrent se coucher de bonne heure, et Noelle accompagna son grand-père à l'extérieur pour aller nourrir les chevaux.

Comme d'habitude, Gidget fit la loi, écartant les chevaux de trait pourtant bien plus grands qu'elle.

— Le poney est pour Tess ? demanda Noelle.

— Oui. Elle ne l'a pas encore vu. Évite de venir avec elle de ce côté-ci.

— Son père a dit qu'elle ne pouvait pas en avoir, tu sais.

— Seulement parce qu'il n'a pas d'endroit pour le garder. Moi, si.

Noelle soupira. Cela supposait une relation suivie avec les Phillips. Et elle n'était pas certaine que son grand-père doive espérer quelque chose de ce côté-là.

Elle non plus, d'ailleurs.

Et il était difficile de ne pas fonder d'espoirs après une journée comme celle-ci, tandis que commençait à grandir un sentiment de confort, de sécurité et de famille.

Comment y renoncer quand le séjour serait terminé ?

En attendant, Noelle avait bien l'intention de finir la conversation commencée ce matin.

— J'ai besoin de savoir pourquoi tu ne m'as rien dit. Acheter un poney suppose beaucoup de réflexions préalables.

— Oh ! c'était plus facile que de réfléchir à des menus pour plusieurs pendant quelques jours. C'était ta grand-mère qui s'occupait de ça.

Tout au long de cette journée, la nostalgie avait été là, en arrière-plan. Surtout quand ils avaient décoré le sapin avec les ornements que la grand-mère de Noelle avait collectionnés au fil des années.

— Elle aimait bien que la maison soit pleine de monde, dit Rufus.

— Mais si elle avait été là, tu ne t'en serais pas occupé.

— C'est vrai.

— Dis-moi pourquoi j'ai été tenue à l'écart.

Rufus soupira.

— Tu n'aimes ni les surprises ni les changements. Tu aurais essayé de m'en dissuader. Tu te souviens quand je te l'ai dit ? J'ai eu droit à un sermon sur les dangers d'Internet.

— Tu exagères !

— Plus tôt tu l'aurais su, plus longtemps tu aurais essayé de me convaincre de ne pas le faire. Tu aurais peut-être tout arrêté dans mon dos. Pour mon bien, évidemment.

Noelle aurait voulu nier, mais elle ne le pouvait pas.

— Tu aurais dit non pour le poney, reprit Rufus. Tu aurais dit que les gens n'allaient pas venir, et que je me faisais mener en bateau.

Noelle soupira.

— Tu me fais passer pour une méchante, mais je l'aurais fait pour te protéger, grandpa.

— Je sais. Mais je suis un grand garçon, Ellie. C'est un peu insultant que tu ressentes le besoin de me protéger.

La surprise la laissa silencieuse un instant.

— Ce n'est pas ce que font les familles ? Chacun prend soin de l'autre.

— Prendre soin est une chose. Mais toi…

— Quoi ?

— C'est sans importance.

— Non. Je veux savoir.

— Grandma disait que c'était normal que tu sois comme ça, après ce que tu avais vécu.

— Que je sois comme quoi ?

Il semblait regretter d'en avoir trop dit.

— Ce n'est rien. Oublions cela.

— Je ne pense pas que ce soit possible, maintenant.

Rufus eut une moue contrite.

— Tu as besoin de tout contrôler. Tu crois que tu sais ce qui est le mieux pour tout le monde.

Noelle écarquilla les yeux.

— Je suis comme ça ?

— Ellie, tu ne t'abandonnes pas à la vie. Tu veux que tout soit bien carré. Tu veux que rien ne change. J'ai bien peur, si tu continues comme ça, que tu finisses comme Nana.

Noelle répondit, avec un rien de mauvaise foi :

— Elle a l'air d'une femme charmante.

— Bien sûr. Rigide, toujours à récriminer et à vouloir que les autres suivent ses règles. Effrayée par les monstres qui se cachent sous son lit, comme une gamine coincée dans son enfance.

Noelle protesta, d'une voix tendue.

— Je ne suis pas coincée dans mon enfance.

— Regarde ta chambre.

Sous le choc, elle fixa son grand-père.

Elle aurait tellement voulu que ce qu'il disait ne soit pas vrai. Mais elle avait encore en tête les derniers mots que Mitchell lui avait lancés par-dessus son épaule tandis qu'il finissait ses bagages.

« Il n'y a rien de drôle avec toi. Rien de spontané. Tu ne supportes pas que je déplace une chaise. Nous ne pouvons pas sortir dîner sans le prévoir une semaine à l'avance. Il n'y a jamais de place pour l'aventure. Rien d'inattendu. Je ne veux pas vivre comme ça. »

La voix de Rufus, compréhensive et réconfortante, arracha Noelle à ce triste souvenir.

— Je comprends que tu aies envie de te sentir en sécurité, que tu essaies de tout contrôler pour que rien de mal n'arrive… Mais il y a un prix à payer pour cela, et tu le sais…

Elle sentit que ses yeux s'emplissaient de larmes.

Son grand-père la regardait d'un air consterné. Il n'avait pas voulu la rendre triste. Il n'avait pas voulu dire cela. Elle le voyait bien. C'était l'amour qu'il lui portait qui l'avait poussé à parler.

Et elle avait l'impression qu'elle avait besoin de l'entendre, même si c'était douloureux.

— Je suis désolé, dit Rufus.

— Ce n'est rien, dit-elle d'un ton posé. Je suis contente que tu me l'aies dit.

— Rentrons à la maison.

— Je vais rester encore un peu dehors.

— Tu m'en veux ?

— Non.

Et c'était la vérité.

Elle sortit son portable de sa poche, et l'agita sous le nez de Rufus.

— J'arrive à capter un peu dans le fenil. Je vais sans doute vérifier l'état du monde.

— Il tourne certainement très bien sans toi.

Rufus l'attira à lui, déposa un baiser sur le sommet de son crâne, et s'éloigna à petits pas.

Noelle escalada les barreaux instables de l'échelle, traversa le fenil, ouvrit la trappe et s'assit sur une pile de bottes de foin.

Pendant un moment, elle délaissa son téléphone pour contempler les étoiles qui, tels de minuscules diamants, piquetaient le ciel de velours sombre, et songea à ce qu'avait dit son grand-père.

Finalement, un frisson la traversa, malgré la chaleur de sa parka.

Elle regarda son téléphone et observa avec agacement le symbole d'absence de réseau.

Elle se pencha hors de la trappe, et tint son téléphone à bout de bras. Deux barres.

Elle cliqua sur l'icône d'un de ses réseaux sociaux. Il était déjà ouvert sur la page de Mitchell, et elle vit qu'il avait fait des mises à jour à tout-va. Elle regarda les publications les plus récentes.

Bientôt Noël, et je fais de la plongée sous-marine. C'est ce que j'appelle vivre à cent pour cent.

Une fille qui paraissait trop jeune pour lui partageait le selfie.

Noelle sentit sa gorge se serrer. Les larmes qui avaient menacé de couler un peu plus tôt firent leur réapparition.

Ne pleure pas, s'ordonna-t-elle. Mais elle le fit quand même.

— Bonsoir.

Elle se tourna et fit tomber son téléphone. Heureusement, dans une botte de foin. Pas à l'extérieur.

Aidan se précipita vers elle, l'éloigna de la trappe et la soutint. Ses mains étaient fermes et chaudes sur ses épaules.

— Ne basculez pas dans le vide. Ça gâcherait sacrément la fête.

— Vous m'espionniez ?

À la hâte, Noelle essuya ses larmes d'un revers de main.

— Pas du tout. J'ai vu de la lumière et je suis monté voir. Je pense que j'ai fait pas mal de bruit. Vous auriez dû m'entendre. Ce que vous regardiez devait être captivant.

Semblant comprendre qu'il avait toujours les mains sur ses épaules, il les retira.

Puis il se pencha et ramassa son téléphone, avant qu'elle ait eu le temps de le faire.

— Je croyais que vous aviez dit qu'il n'y avait pas de réseau au ranch.

8

La chose à faire, songea Aidan, serait de rendre son téléphone à Noelle et de la laisser seule.

Apparemment, il avait interrompu un moment privé.

Avait-elle pleuré ? C'était difficile à dire dans cet endroit mal éclairé.

Mais quand elle tendit la main pour s'emparer de son portable, il put clairement voir briller des traces humides sur ses joues.

Presque malgré lui, il tourna le téléphone et regarda ce qui avait causé une telle détresse.

Un type à l'allure très ordinaire posait sur une plage avec une fille trop jeune pour lui. Son message disait qu'il vivait à cent pour cent.

— Un ami à vous ?

— Mon ex.

Tenant toujours le téléphone hors de sa portée, Aidan consulta rapidement les autres publications. Le type n'arrêtait pas de se vanter de sa nouvelle vie.

— Il voulait de l'aventure, dit Noelle d'une voix faible, comme si elle s'excusait.

Mal à l'aise, Aidan se rappela qu'il l'avait taquinée la veille à propos d'un récent chagrin d'amour.

Ça lui ressemblait bien d'être aussi maladroit.

Mais, en peu de temps, il l'avait cernée. Noelle semblait

pure dans un monde souillé, innocente dans un monde corrompu à l'excès.

C'était de cette pureté qu'il devait se méfier. Cet aspect de la personnalité de Noelle qui réveillait quelque chose de profondément enfoui en lui, l'incitant à redevenir insouciant, à se laisser aller.

Il devait résister à cette attirance involontaire qu'elle exerçait sur lui. Pas seulement pour se protéger, mais pour la protéger, elle.

Il avait déjà déçu une femme beaucoup plus mondaine et moins naïve que ne l'était Noelle.

Et pourtant, il ne pouvait pas s'empêcher de chercher quelque chose à dire qui la réconforterait.

— Si vous trouvez que prendre un coup de soleil s'apparente à une aventure, je dirai qu'il a réussi. Ça va lui faire un mal de chien.

— On ne peut que l'espérer, marmonna-t-elle.

Il rit et lui rendit son téléphone qu'elle éteignit et glissa dans sa poche.

— Et si vous me disiez ce qui ne va pas.

Elle haussa les épaules.

— Apparemment, je suis trop rigide. Obsédée du contrôle. Même mon grand-père le pense. C'est pour ça qu'il ne m'a pas dit que vous veniez pour Noël. Il pensait que j'essayerais de tout annuler.

— Vous l'auriez fait ?

— Oui.

— Pour son bien, j'en suis sûr.

— Il a dit que si je ne faisais pas attention je deviendrais une vieille fille aigrie, qui passe son temps à crier et à vouloir que tout le monde suive ses ordres.

— Aïe.

— Il faut que j'arrête de me mêler de tout. Si je vous ai dit qu'il n'y avait pas de réseau ici, c'était aussi pour votre bien.

Aidan esquissa un sourire.

— Ah bon ? Vous êtes sûre que ce n'était pas par méchanceté ?

Il réalisa qu'il aimait bien la taquiner. Et aussi faire des batailles de boules de neige avec elle. Et décorer des sapins…

— Je pensais que je savais ce qui était le mieux pour Tess, dit Noelle d'un ton pensif. Je pensais qu'elle avait besoin de votre attention pleine et entière, sans que vous soyez distrait par votre travail.

Elle soupira.

— Ça ne me regarde pas, n'est-ce pas ?

Quelques larmes perlaient à nouveau au coin de ses yeux.

Ne voyait-elle pas à quel point ça comptait pour lui qu'elle se soucie ainsi de Tess ?

Il toucha son épaule. Elle était tellement frêle sous sa main. Ça faisait d'elle exactement ce qu'elle paraissait être : petite, fragile, vulnérable…

— Vous avez un bon cœur, Ellie McGregor. Un très bon cœur.

Visiblement embarrassée, elle essaya d'échapper à ce contact.

Mais il ne le voulait pas.

Au lieu de la laisser partir, il lui bloqua le passage.

Lorsqu'elle leva la tête vers lui, l'air méfiant, il lui saisit le menton entre son pouce et son index et la dévisagea.

Elle renonça à lutter et le regarda à son tour.

Il ne pensait pas avoir jamais été regardé ainsi, profondément, intensément, comme si elle devinait en lui des secrets dont lui-même ignorait l'existence.

Il avait l'impression qu'elle inversait les rôles, lui donnant ce qu'il avait l'intention de lui donner.

Laissant retomber sa main, il s'ordonna de s'en aller, de mettre de la distance entre Noelle et lui. Il savait qu'il ne pouvait pas se faire confiance en étant confronté à une telle pureté.

Mais au lieu de partir, il passa les bras autour d'elle, et l'attira contre son torse.

Un petit gémissement de protestation lui échappa, aussitôt suivi par un soupir de reddition.

Elle se blottit contre lui. Puis elle lâcha prise et se mit à pleurer.

Au bout de quelques minutes, elle s'écarta.

— Je suis désolée. Les derniers mois ont été difficiles. D'abord, mon grand-père a vendu toutes ses terres. Puis ma grand-mère est morte. Et enfin, Mitchell a rompu nos fiançailles.

Et malgré tout, elle avait tout mis en œuvre pour satisfaire les besoins de sa fille.

En songeant aux efforts de Noelle pour offrir à Tess le plus beau des cadeaux, Aidan ressentit quelque chose qu'il avait presque oublié : la gratitude.

Il était devenu un égoïste.

— Je devrais y aller, dit-elle, l'air gêné.

— Attendez une minute. On pourrait s'asseoir et observer les étoiles. Ça fait une éternité que je n'ai pas pris le temps de m'arrêter pour regarder ce qui m'entoure. Le regarder vraiment.

Il s'assit sur une botte de paille et, après quelques secondes d'hésitation, Noelle finit par l'imiter.

Gardant le silence, ils contemplèrent un moment le ciel étoilé.

Noelle fut la première à reprendre la parole.

— J'adore venir ici. La vie y paraît plus simple. Je remarque davantage les petits détails : l'odeur du feu de cheminée, le contact de la fourrure du chien sous mes doigts, la luminosité des étoiles…

Aidan comprenait ce qu'elle ressentait. Le calme de

la nuit, la présence de Noelle à ses côtés, l'immensité de l'univers… éveillaient en lui un désir vibrant.

Celui d'être un homme meilleur. Peut-être pas pour toujours, mais au moins pour ce moment.

— Et alors, demanda-t-il, pourquoi voulez-vous résoudre tous les problèmes ?

Noelle hésita, et il comprit qu'elle n'avait pas pour habitude de se confier. Et probablement encore moins à un inconnu.

— Mes parents sont morts quand j'avais douze ans, et je suis venue habiter ici avec mes grands-parents.

— Oh ! je suis désolé. Comment sont-ils morts ?

— Accident de voiture. C'était le printemps. Tout laissait penser que le beau temps s'était installé. Mais une tempête violente s'est levée. La voiture est entrée en collision avec un camion. Ils sont morts sur le coup. On m'a dit que c'était mieux comme ça.

Émue, elle reprit son souffle.

— On m'a dit aussi qu'ils s'aimaient beaucoup, ce que je savais déjà. Et qu'ils avaient choisi d'être ensemble pour l'éternité.

— C'est stupide de dire une chose pareille, affirma-t-il d'un ton bourru.

Noelle tourna la tête vers lui, surprise.

— Pourquoi ?

— Parce que vos parents vous aimaient. Ils ne vous auraient jamais abandonnée.

Elle soupira et prit appui contre lui.

— Merci de me dire ça.

— J'ai tout entendu aussi quand Sierra est morte. Les gens ne pensent pas à mal. Mais, franchement, on n'imagine même pas les choses qu'ils peuvent dire parfois. « Elle est mieux là où elle est. » On se demande bien où elle pourrait être mieux qu'avec son bébé… « Le ciel avait besoin d'un ange de plus. » Et ma fille avait besoin de sa mère.

Il secoua la tête.

— Tess n'avait que deux ans quand sa mère est morte, et j'ai vu de quelle façon ça l'a affectée. La perte de vos deux parents a dû être épouvantable pour vous.

— Oui.

Ayant lui aussi l'expérience du deuil, il ressentit un lien profond avec elle.

Soudain, son téléphone se mit à biper en rafale, à mesure que les messages arrivaient.

Il ressentit l'étrange envie de le prendre et de le jeter dehors dans la nuit.

— Ça faisait longtemps que je n'avais pas entendu ce son, dit-il, et je ne peux pas dire qu'il m'a manqué. Je pensais que ce serait le cas, mais non. Aussi curieux que ça paraisse, le monde tourne sans moi.

— Je crois que c'est ce que mon grand-père a essayé de me dire, ce soir. La vie continuera sa course, que j'essaye de la contrôler ou non…

Après un soupir, elle ajouta :

— Allez-y. Regardez ce qui s'est passé.

— Pas maintenant.

Alors, Noelle posa la tête sur son épaule, et il passa un bras autour de ses épaules.

Ils restèrent un long moment silencieux, s'abandonnant à la magie de cet instant d'harmonie et de complicité. Mais il faisait froid, et bientôt, il sentit Noelle frissonner contre lui.

— Rentrons, proposa-t-il.

— Regardez d'abord vos messages. Vous ne savez pas quand vous en aurez à nouveau la possibilité.

À regret, Aidan quitta ce monde de simplicité et de calme, pour se connecter à un autre, beaucoup plus agité.

Il jeta un coup d'œil à ses messages, très vite, et de façon superficielle.

— Travail, travail, travail. *Christmas Enchantment Ball.* Travail, travail, travail.

— *Christmas Enchantment Ball ?* répéta Noelle.

— C'est un bal en l'honneur de tous les donateurs aux bonnes œuvres. C'est le plus grand événement mondain de Calgary. Il se tient chaque année l'avant-veille de Noël. Le thème de cette année est *Silver Bells.*

Noelle frissonna à nouveau. Il se leva et lui tendit la main. Elle la prit, et se redressa.

Il la regarda.

Elle le regarda.

Elle se pencha.

Il se pencha.

Et soudain son téléphone bipa. Un son discret qui ressemblait au déclenchement d'une alarme.

Ils s'écartèrent brusquement, comme s'ils avaient été surpris dans une situation compromettante.

Aidan regarda l'écran, pour ne pas regarder Noelle. Pour ne pas se demander quel était le goût de ses lèvres.

Il fixa le message, ne comprenant pas tout de suite de quoi il s'agissait.

Mais quand son cerveau l'enregistra, il leva vers Noelle un regard stupéfait.

— Noelle. Ils en ont trouvé un.

— Un quoi ?

— Devinez.

— Jerry ?

— Exactement ! Ils ont trouvé un Jerry Juicejar.

Elle rit, partageant son ravissement et son soulagement incrédule.

— C'est un miracle de Noël, dit-elle, sur le ton de la plaisanterie. Parmi tous ces messages, c'est celui qui vous importe le plus, n'est-ce pas ?

— Vous n'imaginez même pas ! Je vais prendre l'hélicoptère demain pour aller le chercher, et il sera sous le sapin pour le matin de Noël.

Laissant passer un silence, il ajouta :

— Vous voulez m'accompagner ?

— Moi ?

Il regarda autour de lui.

— Je ne vois personne d'autre.

— Mais…

— Vous avez bien des courses de dernière minute à faire pour Noël. Nous irons récupérer Jerry, nous ferons les boutiques et nous déjeunerons ensemble.

Ensuite, il lui ferait la surprise de l'inviter au bal. Wrangler Oil figurait parmi les plus généreux donateurs de la ville, et il bénéficiait toujours de plusieurs invitations.

Elle hésita.

— Pour être honnête, j'ai un peu peur de l'hélicoptère. J'espère que vous ne trouverez pas mon cas désespéré, mais je n'ai jamais voyagé dans les airs. Ça relève encore de mon besoin de tout contrôler.

Elle soupira.

— Vous comprenez mieux maintenant pourquoi Mitchell m'a quittée.

— Arrêtez ça ! dit-il d'un ton sévère.

Puis il se radoucit, et ajouta :

— Vous pouvez me faire confiance.

Le regard de Noelle, doux comme une caresse, resta un long moment rivé au sien.

Il eut l'impression que tout s'arrêtait dans l'univers – y compris son cœur – tandis que, de toute évidence, elle se demandait s'il était digne de confiance.

L'était-il ?

Était-il digne de confiance pour un être aussi pur et bon que Noelle ?

Pas s'il continuait à rêver de dévorer ses lèvres.

9

Elle devait refuser.

Elle venait de lui révéler son pire chagrin d'amour, et il avait pitié d'elle. C'était pour cette raison qu'il lui avait proposé de l'accompagner.

Mais peut-être y avait-il un autre moyen de voir les choses.

Et si c'était une chance ?

Cela ressemblait exactement à ce que son grand-père lui avait demandé d'apprendre : dire oui à la vie.

C'était une occasion de sortir de sa zone de confort. Et elle devait la saisir.

En outre, depuis que le sapin avait été installé dans le salon, elle s'était rendu compte qu'elle n'avait pas de cadeaux à mettre dessous pour Tess, Nana et Aidan.

Et elle avait une petite idée de ce qui conviendrait…

Si elle allait à Calgary avec Aidan, elle pourrait acheter à chacun une paire de patins à glace, afin qu'ils puissent tous patiner sur l'étang le matin de Noël, selon la tradition McGregor.

— Eh bien, vous savez quoi ? dit-elle. Je vais venir.

Ce n'était pas exactement comme s'ils partaient explorer la jungle amazonienne. Ils allaient passer la journée à Calgary. On ne pouvait probablement pas ranger ça dans la case aventure.

À part l'hélicoptère.

Et à part Aidan Phillips.

— Bonne fille, dit-il d'un ton joyeux.

Et soudain, elle comprit qu'elle n'avait pas envie qu'il la voie comme une fille.

Une âme en peine. Une orpheline.

Qui portait un pyjama avec des pingouins imprimés dessus, et des chaussons qui ressemblaient à des monstres poilus.

Et qui n'avait rien changé à la décoration de sa chambre depuis ses douze ans.

Ce n'était pas du tout comme ça qu'elle voulait être vue par Aidan Phillips.

Et à en juger par la façon dont son regard s'était attardé sur ses lèvres, quelques minutes plus tôt, elle avait l'impression que ce n'était pas non plus ainsi qu'il la voyait. Pas complètement, du moins.

— Bien sûr, je vais demander à Nana et Tess de venir aussi. Je ne voudrais pas priver ma fille de mon attention pleine et entière pendant nos vacances.

Pourquoi était-elle aussi déçue, brusquement ?

Soudain, il inclina la tête, l'air inquiet.

— C'est quoi, ce bruit ? Il y a quelqu'un ?

Il se mit devant elle, comme s'il allait devoir la protéger.

D'une certaine façon, c'était agréable d'avoir quelqu'un qui se souciait d'elle. Mais elle avait le sentiment qu'elle allait surtout devoir se protéger de l'attirance qui flottait entre eux.

— Ce sont les chevaux.

— Je ne savais pas qu'il y avait des chevaux. Comment avez-vous réussi à cacher ça à Tess ?

— Bonne question.

Noelle se demanda si elle devait le prévenir que son grand-père avait préparé une surprise pour Noël. Et que celle-ci risquait d'éclipser le très convoité Jerry Juicejar.

Cela semblait plus charitable de laisser Aidan profiter de sa petite victoire.

Mais n'était-ce pas de la duplicité de sa part ?

Après avoir hésité à accepter son invitation à l'accompagner à Calgary, elle ne voulait pas gâcher sa joie.

Le lendemain matin, Tess déclara d'un ton buté qu'elle ne quitterait pas le ranch.

Elle ne voulait pas abandonner son nouvel ami, Smiley. En plus, Nana avait promis de faire des biscuits de Noël. Et elle voulait jouer dehors dans la neige.

— Je suis d'accord, dit la gouvernante. Ce sera beaucoup plus simple si nous restons. J'aimerais juste que vous me rapportiez des légumes frais.

— Ellie ? Je dois te parler une minute.

Rufus attira sa petite-fille dans le couloir, et lui tendit un rouleau de billets.

— Je ne m'attendais pas à la présence de Nana. Ce serait grossier de ne pas lui faire de cadeau. Mais rien de trop personnel. Pas de bijou ou de choses de ce genre.

— Je comprends parfaitement.

Mais, devant l'air agité et le visage rougissant de son grand-père, elle n'était pas vraiment certaine de comprendre.

— Eh bien, on dirait que Tess se moque éperdument de mon attention pleine et entière.

Une heure s'était écoulée, Aidan avait rempli son plan de vol au téléphone, et ils venaient de prendre place dans l'hélicoptère.

— Il est vrai qu'elle a l'habitude de mes absences.

— Je pense qu'elle a confiance en votre amour.

— Mouais. J'ai bien l'impression qu'elle l'a remplacé

par celui de ce chien. Mais Jerry Juicejar va tout changer. Prends ça, Smiley !

Même s'il plaisantait, Noelle comprit qu'il se souciait de l'opinion qu'elle se faisait de lui en tant que parent. Et ça lui fit chaud au cœur.

Sa bonne humeur et sa totale absence de nervosité tandis qu'il procédait aux vérifications prédécollage aidèrent Noelle à garder son calme.

Toutefois, quand il lui tendit les écouteurs, son cœur s'emballa. Et elle sentit ses paumes devenir moites quand le moteur démarra, entraînant le rotor. D'abord lentement, puis de plus en plus vite.

— Donnez-moi votre téléphone, dit-il.

Elle le chercha au fond de son sac.

— Déverrouillez-le.

Cela faisait-il partie des recommandations de vol ? Elle se sentait tellement inexpérimentée.

Elle tapa le code de son téléphone et le lui tendit.

Il sourit, consulta l'écran et trouva l'icône de l'appareil photo. Puis il le braqua vers elle.

— Levez les pouces et faites-moi un grand sourire, dit-il.

Il prit la photo, la vérifia et lui rendit son téléphone.

— Postez ça sur votre compte, dit-il.

Elle éclata de rire, et sa nervosité s'envola comme par magie.

Lorsqu'ils décollèrent, la neige s'envola, formant un nuage autour d'eux. L'hélicoptère tangua, et elle crispa les mains sur son estomac.

Mais quand elle regarda Aidan pour se rassurer, elle vit qu'il était toujours aussi calme. Elle se rendit compte alors que piloter un hélicoptère était pour lui aussi naturel que de conduire une voiture pour elle.

Elle regarda par le hublot.

Le ranch et la grange étaient déjà loin en dessous d'eux, et elle fut saisie par la beauté de la vue.

— J'ai l'impression de voir d'en haut une de ces maquettes construites par les fans du modélisme ferroviaire, dit-elle.

— Vous avez toujours peur ?

Elle aimait la façon dont le son de sa voix lui parvenait directement dans les oreilles, via les écouteurs.

— Qu'est-ce qui vous a fait penser que j'avais peur ?

— Le pouls à la base de votre gorge ? Les articulations blanches ?

Elle rit et dénoua ses mains.

Elle était médusée qu'il l'ait observée aussi attentivement.

— C'est fini. Je n'ai plus peur.

— C'est bien. Savez-vous que vous êtes plus en sécurité ici que dans votre salle de bains ?

— Quoi ?

— Statistiquement, vous prenez beaucoup plus de risques dans votre salle de bains. Vous seriez surprise du nombre de morts.

— Comment ? demanda-t-elle, sceptique.

— À cause des sols glissants, je suppose. Il faudra que je creuse le sujet. Mais vous n'êtes pas censée contester mes arguments. C'était juste pour vous rassurer.

— Qui regarde ce genre de statistiques ?

— Moi, il faut croire.

— Prête à atterrir ?

— C'était incroyablement rapide.

— Du fait de la très grande vitesse et parce qu'on peut voyager quasiment en ligne droite, ça va vite, en effet. Ça me permet de me rendre facilement à mes rendez-vous.

— Et vous adorez piloter.

Aidan sourit.

Elle adorait quand il souriait.

— Oui, c'est vrai.

Une voiture les attendait sur le parking de l'héliport.

C'était un luxueux SUV, équipé à l'arrière d'un siège pour enfant.

C'était l'antithèse de sa petite citadine, et ça ne ressemblait à aucun des véhicules que le grand-père de Noelle avait possédés. Mitchell avait toujours aimé les voitures de sport – sans doute le signe avant-coureur de son aspiration à l'aventure. Mais il n'avait jamais pu s'acheter de modèle récent. C'était donc la première fois qu'elle montait dans une voiture avec des sièges chauffants.

— Quel luxe, dit-elle. Un hélicoptère, un siège chauffant…

Elle faillit ajouter que ce serait facile de s'y habituer, mais se retint à temps.

Il n'y avait aucune raison de penser que cette aventure allait changer sa vie. Qu'elle avait établi avec Aidan Phillips un lien durable.

En fait, il serait très dangereux de succomber à ce genre de pensées.

D'un autre côté, ne réfléchissait-elle pas trop ?

Elle ferait mieux de profiter tout simplement de la journée sans se poser de question.

C'était ça l'aventure, non ?

Profiter du temps présent, de l'inattendu, sans essayer de deviner le futur, sans faire de projets jusqu'au prochain millénaire.

— Jerry a été livré à mon bureau. Je pensais que nous pourrions y passer tout de suite, et nous rendre ensuite dans ce nouveau centre commercial qui vient d'ouvrir. J'imagine que vous avez vos propres courses à faire, mais je me demandais si vous accepteriez de m'aider.

— Si c'est dans mes cordes.

— Eh bien, vous avez parlé de ces babioles qu'aiment les petites filles : un ours en peluche, des barrettes pour les cheveux, un pyjama à l'effigie d'un personnage de dessin animé… Une couronne de princesse…

— Je vois que vous avez une excellente mémoire.

— Et donc ? Vous allez m'aider ?
— Avec plaisir.

Le bureau d'Aidan se trouvait au cœur de la forêt de verre et d'acier qui formait le cœur de Calgary.

Noelle y travaillait, elle aussi, et elle savait combien il était difficile de trouver une place de stationnement. De ce fait, elle préférait laisser sa voiture sur un parking en périphérie et prendre une navette.

Mais Aidan entra dans un parking souterrain, et se gara sur une place qui lui était réservée. Puis ils prirent l'ascenseur jusqu'au dernier étage.

Ses bureaux étaient suprêmement élégants : bois exotique, meubles de designer, œuvres d'art…

Il salua tout le monde par son nom, y compris l'homme d'entretien. Il interrogea une employée sur son fils, en utilisant le prénom de celui-ci, et demanda comment s'était passée son audition au conservatoire de musique.

Noelle se rendit compte que ses collaborateurs ne faisaient pas que le respecter. Ils l'appréciaient.

Finalement, Aidan ne ressemblait en rien à l'idée qu'elle s'était faite de lui lors de leur première rencontre. Loin de se montrer tout-puissant et cynique, il était attentif aux autres et bienveillant.

Ils entrèrent dans son bureau. C'était une pièce en angle, avec deux murs de baies vitrées offrant une vue à couper le souffle sur la ville.

Devrait-elle prendre aussi une photo pour la poster ? Pour montrer à quelles hauteurs vertigineuses elle évoluait ?

Mais, bizarrement, elle semblait avoir perdu le goût de faire partager sa vie aux autres. Ne devineraient-ils pas ce dont elle-même était en train de se rendre compte ? Que rien de tout cela ne lui correspondait.

— Spectaculaire, murmura-t-elle.

Mais elle ne se sentait pas si bien que cela. Elle avait plutôt l'impression de ne pas être à sa place.

Oui, c'était une chance de découvrir un autre aspect d'Aidan. Mais cela ne faisait que creuser un peu plus le fossé qui les séparait.

Ce n'était pas le genre d'homme dont elle pouvait tomber amoureuse.

Cette soudaine pensée la laissa sous le choc.

Était-elle en train de tomber amoureuse de lui ?

Ridicule !

On ne pouvait pas tomber amoureux d'une personne qu'on ne connaissait que depuis deux jours. L'amour était un sentiment plus lent à mûrir.

Et cependant, elle ressentait quelque chose pour lui qu'elle n'avait jamais ressenti auparavant. Même pas avec Mitchell.

C'était comme si une énergie nouvelle courait sous sa peau, lui donnant le sentiment d'être pleinement vivante.

— Voilà ce qui est spectaculaire !

Aidan souleva une boîte qui se trouvait sur son bureau.

En voyant la joie qui éclairait son visage, Noelle se réprimanda intérieurement.

Pourquoi fallait-il qu'elle soit toujours aussi sérieuse ?

Mais non, elle n'était pas amoureuse d'Aidan Phillips. Elle était simplement éblouie par l'hélicoptère, la luxueuse voiture, l'impressionnant bureau, et les employés en adoration.

— Venez voir ! dit-il avec un enthousiasme de petit garçon.

Noelle ne put résister.

Elle s'avança et jeta un coup d'œil par-dessus son épaule.

— Oh ! Seigneur ! dit-elle. C'est ça, Jerry Juicejar, la poupée que tous les enfants s'arrachent ? Mais elle est affreuse !

Aidan éclata de rire, et Noelle fut émue par la joie qu'elle lut sur son visage à l'idée de faire plaisir à sa fille.

Et elle se dit alors que ses sentiments pour lui n'avaient rien à voir avec l'hélicoptère, la luxueuse voiture, l'impressionnant bureau, et les employés en adoration.

Non, c'était plutôt en rapport avec la coupe d'un sapin en forêt, la discussion complice dans un fenil, et l'expression d'Aidan quand il regardait sa fille.

Cela tenait aussi à la capacité de reconnaître la valeur de ces moments, sans ressentir le besoin de les diffuser pour les partager avec le monde entier.

Il lui jeta un coup d'œil par-dessus son épaule.

— Quoi ?

— Rien, dit-elle.

Puis, d'un ton enjoué, elle ajouta :

— Nous ferions bien d'aller faire les courses. Avec tout ce que nous avons à acheter, ça risque de prendre un petit peu de temps.

10

Si Noelle comptait sur le shopping pour atténuer sa sensation d'inconfort en présence d'Aidan, elle se trompait.

On était le 23 décembre, et le centre commercial était plein à craquer.

Impossible de dire si Aidan s'en agaçait. Lui qui, peu de temps auparavant, paraissait si réticent à l'égard de Noël était capable de s'abandonner au chaos avec une remarquable aisance.

Chose rare, il était d'une agréable compagnie, et Noelle ne put s'empêcher de remarquer combien il était respectueux des vendeuses débordées, leur arrachant parfois un sourire, et les complimentant pour leur sang-froid et leur efficacité face aux exigences de la foule.

Leurs bras furent bientôt emplis de présents, dont un splendide ours en peluche – dont le prix avait laissé Noelle sans voix, mais qu'Aidan avait payé sans sourciller – et toute une collection de livres.

Partout où ils allaient, on les prenait pour un couple, une mère et un père faisant leurs achats de dernière minute. Malgré la joie d'une telle expérience, Noelle ne put s'empêcher d'en concevoir une certaine mélancolie.

Alors qu'ils étaient à la librairie, ils tombèrent sur un album rassemblant des photos de maisons en pain d'épice plus charmantes les unes que les autres.

— Rufus m'a demandé de choisir un cadeau pour Nana, dit Noelle. Qu'en pensez-vous ?

— C'est parfait. Eh bien, maintenant que nous avons trouvé ce que nous cherchions pour Tess et Nana, j'aimerais faire quelques achats en privé…

Noelle comprit qu'il avait l'intention de lui offrir quelque chose. Elle avait envie de dire que ce n'était pas nécessaire mais, dans le même temps, elle ne le pouvait pas. Elle était vraiment curieuse de voir ce qu'il allait lui trouver.

Et bien sûr, il lui restait encore à acheter des patins pour tout le monde.

— Retrouvons-nous au Percival's pour le déjeuner. Ce n'est pas très loin d'ici à pied.

— Mais… N'est-ce pas très compliqué d'y avoir une table ?

— Je trouverai bien un moyen, dit-il.

Puis il inclina la tête d'un air moqueur et lui fit un clin d'œil.

Un clin d'œil.

Il appelait sûrement le propriétaire par son prénom, et avait sa table réservée à l'année.

Noelle se hâta de terminer ses achats, en essayant de ne pas trop se laisser griser par les surprises que la vie vous réservait quand vous étiez capable d'ouvrir un peu votre cœur.

Il était de tradition au ranch d'accrocher une grande botte en tissu sur le manteau de la cheminée, quel que soit l'âge des invités. Elle en acheta donc pour tout le monde.

Puis elle écorna un peu plus son budget – déjà mis à mal par les patins – et acheta des ballotins de chocolat à glisser dans les bottes, ainsi que quelques babioles de circonstance : savons, bougies, petites chaufferettes pour les mains, figurines pour Tess... Elle compléta le tout avec un lot d'étiquettes pour les cadeaux.

Aidan était arrivé au restaurant avant Noelle, mais le maître d'hôtel l'attendait. Il la guida vers une table installée dans une petite alcôve.

Elle se laissa tomber sur le siège de velours bleu roi, épuisée mais heureuse.

— Qu'avez-vous là ? demanda Aidan, en tendant la main vers un de ses sacs.

Elle lui assena une petite tape, et il se massa la main en prétendant avoir mal.

Redevenu sérieux, il dit :

— J'espère que vous ne m'en voudrez pas si j'ai passé la commande. J'ai demandé un assortiment de leurs spécialités.

Mais bien sûr ! Un assortiment de spécialités, dans le restaurant le plus cher de la ville.

— J'en ai terminé avec mon shopping, dit-elle. Et vous ? Vous avez besoin d'autre chose avant que nous regagnions le ranch en hélicoptère ?

Elle ne pouvait s'empêcher de sourire en prononçant ces mots.

Cette bonne vieille Noelle McGregor, en train de manger du crabe farci au Percival's, et d'évoquer un transport en hélicoptère, comme si c'était une chose normale.

Apparemment, elle s'adaptait très bien au changement.

— Avant de rentrer, j'ai encore quelque chose à faire, dit Aidan.

— Au bureau ?

— Non, ici.

Il posa devant elle un petit paquet rectangulaire et plat.

— Qu'est-ce que c'est ?

— Un cadeau de Noël, avec un peu d'avance.

Elle le prit, l'observa avec curiosité, et défit le ruban et le papier cadeau.

C'était un écrin en cuir, frappé au sceau d'un célèbre joaillier.

Les mains tremblantes, elle souleva le couvercle.

Et resta bouche bée.

Sur un lit de satin ivoire reposait une fine chaînette, soutenant deux petits diamants en forme de cloche. La réputation du joaillier interdisait en effet de supposer qu'il pouvait s'agir de fausses pierres.

Elle leva les yeux vers lui.

— Aidan, je ne peux pas accepter. C'est trop.

— Si, vous devez accepter. C'est ma façon de vous remercier de tout ce que vous avez fait pour offrir à Tess le plus beau des Noël. Je l'ai appelée, avant que vous arriviez. Elle a fait des cookies avec Nana et Rufus. Smiley a fait tomber la plaque à pâtisserie du plan de travail et en a mangé une partie. Elle riait tellement qu'elle avait du mal à me raconter leur mésaventure. Cela faisait longtemps que je n'avais pas entendu ma fille rire comme ça. Beaucoup trop longtemps.

— Je n'y étais même pas. Comment pouvez-vous me remercier pour ça ?

— Ce n'est pas à cause de ça en particulier. C'est un ensemble. La bataille de boules de neige, le sapin…

— Je ne sais pas… Je ne veux pas de cadeau pour ça. C'est un peu comme si vous me payiez pour avoir organisé des activités pour Tess. J'aime le faire. J'en ai envie.

— Je ne vous paie pas. Je vous remercie. Et puis, le collier s'accorde au thème.

— Quel thème ?

— Silver Bells.

Elle inclina la tête, perplexe.

— Je ne vous suis pas. Je croyais que vous n'aimiez pas les chants de Noël.

— Je les déteste. Mais ce n'est pas à ça que je faisais allusion. Je parlais du bal qui a lieu ce soir.

Noelle retint son souffle.

— Vous… Vous me demandez de vous accompagner au bal ?

Il hocha la tête en souriant.

— Comme si j'étais votre cavalière ? reprit-elle.

Il parut légèrement déstabilisé.

— Je n'y avais pas pensé en ces termes.

Bien sûr que non.

— Nous n'avons qu'à dire que ce sera mon cadeau de Noël.

— Mais vous venez déjà de me donner le collier. Je ne peux…

— Un pour votre anniversaire, un pour Noël.

Noelle sentit la panique l'envahir.

— Mais on nous attend. Tess, Nana, mon grand-père…

— Je suis sûr que Smiley est impatient aussi de nous revoir, ajouta Aidan, rieur. Mais c'est déjà réglé. Ils se débrouilleront très bien sans nous. Et je vous ramènerai avant minuit.

Il lui fit un clin d'œil et ajouta :

— Sinon, mon hélicoptère se transformera en citrouille.

Noelle se sentait vraiment comme Cendrillon. Quelle femme n'avait pas rêvé d'être Cendrillon, une fois dans sa vie ?

Elle essaya de résister encore.

— Je ne sais pas quoi dire… De toute façon, c'est impossible. Il faut une robe spéciale pour un événement de cette importance.

— Je peux vous en acheter une.

Elle songea à la robe rouge suspendue dans sa penderie, sous sa housse.

Cette robe ne devait pas nécessairement être une mise

en garde contre un excès d'espoir. Elle pouvait représenter tout à fait autre chose.

Elle pouvait être l'affirmation d'un grand oui à la vie et à l'aventure.

— En fait, répondit-elle d'un ton un peu hésitant, j'en ai une qui fera parfaitement l'affaire. Elle est chez moi…

— C'est un oui, alors ?

Noelle le regarda. Elle était stupéfaite par tout ce qui pouvait changer en quelques heures dans une vie.

— C'est un oui.

Aidan poussa un cri de victoire.

Les clients des autres tables sourirent avec indulgence, et Noelle supposa que ça avait l'air de tout autre chose.

On les prenait sans doute pour un couple amoureux. Peut-être pensait-on qu'elle venait d'accepter de l'épouser…

Il se pencha vers elle.

— Vous êtes belle quand vous rougissez.

Elle baissa la tête un instant, avant de le regarder à nouveau.

Quelque chose se déverrouilla en elle. Une grande bravoure. Une merveilleuse confiance en soi. Elle ressentait comme un choc la joie extatique de dire oui à l'inattendu, à la vie, à l'aventure.

Quelques heures plus tard, Noelle n'était plus sûre du tout d'avoir pris la bonne décision.

Pour tout dire, elle avait l'impression de tomber en miettes, comme un cookie de Noël rassis.

La robe, en dépit du fait qu'elle semblait avoir perdu un peu de poids, lui allait à la perfection – peut-être mieux que lorsqu'elle l'avait achetée.

Le problème, c'est que cette robe était choquante. D'abord par sa couleur, d'un rouge flamboyant.

C'était la seule robe de designer qu'elle ait jamais

possédée. Elle se rappelait encore la vendeuse, qui tournait autour d'elle comme une mouche, en atteignant des paroxysmes d'approbation.

« Pour vos fiançailles, dites-vous ? C'est parfait. C'est une robe qui signe le passage de fille à femme, n'est-ce pas ? »

Oui, c'était exactement cela.

La profonde découpe en V, à la fois devant et dans le dos, interdisait le port d'un soutien-gorge. L'étoffe épousait ses formes comme une seconde peau, et sa quasi-nudité en dessous renforçait l'impression de sensualité qu'elle ressentait.

La pâleur de sa peau n'était pas un inconvénient, mais un atout, comme si son corps était fait de la plus délicate porcelaine et présenté dans un écrin Versace.

Elle avait relevé ses cheveux en chignon et s'était soigneusement maquillée. La couleur de ses yeux n'évoquait plus la boue fangeuse des fleuves, mais la mousse tapissant les sous-bois.

Le calme qui s'y lisait était en totale contradiction avec la nervosité que lui inspirait sa robe.

Cette tenue aurait été parfaite pour déambuler sur un tapis rouge, avant une remise de prix.

Oh ! Seigneur, y aurait-il un tapis rouge ? Elle ferait bien de se renseigner. Si quelqu'un devait se prendre les pieds dedans, ce serait forcément elle. Surtout avec ces escarpins aux talons démesurés.

Elle prit l'écrin qu'Aidan lui avait offert un peu plus tôt et souleva le couvercle. Il ne lui restait plus qu'à mettre le collier pour que la transformation soit complète.

Elle le sortit et en soupesa le poids au creux de sa main.

Mais pour qui se prenait-elle ?

Elle remit le bijou en place et claqua le couvercle d'un coup sec.

Elle venait de se rappeler qu'elle était la femme qui

avait été quittée parce qu'elle était trop prévisible. Et trop directive. Parce qu'elle détestait les surprises et refoulait la spontanéité comme si c'était la peste. Parce qu'elle était pâle et ordinaire. Pas somptueusement hâlée et d'une beauté remarquable.

Elle ne pouvait pas changer cela.

Elle ne pouvait pas dire oui au lieu de non.

La robe n'y changerait rien. Pas plus que le collier.

Avait-elle perdu l'esprit ?

Elle ne pouvait pas assister à un bal avec Aidan Phillips.

Tout le monde la regarderait et considérerait sa présence comme une imposture. Ils sauraient qu'elle n'était pas suffisamment sophistiquée pour porter une robe comme celle-ci.

Ça se verrait à son maquillage trop léger, à son absence de manucure. Et tout le monde saurait, en dépit du fait qu'elle vivait en ville depuis plusieurs années, qu'elle n'était rien d'autre qu'une « brave fille de la campagne ».

Aidan l'avait parfaitement cernée dès les premières minutes de leur rencontre.

Elle décida d'enlever la robe, d'enfiler son peignoir, et de voir s'il lui restait de la glace au chocolat. Aidan n'aurait qu'à aller au bal tout seul.

Ou alors, elle pourrait remettre son jean et sa chemise en flanelle, et ils pourraient rentrer plus tôt si Aidan ne voulait pas y aller sans être accompagné.

Soudain, elle eut envie de regagner le ranch et de retrouver son grand-père.

Elle voulait jouer avec le chien et manger des cookies. Et s'asseoir à côté du feu dans son pyjama orné de pingouins. Elle voulait refaire un bonhomme de neige et une maison en pain d'épice, en essayant cette fois de les réussir.

Et, à la nuit tombée, elle voulait s'asseoir dans le fenil,

sur un odorant coussin de bottes de foin, et regarder les étoiles.

Sa zone de confort. Voilà ce qu'elle voulait retrouver.

Mais Aidan Phillips avait envahi sa zone de confort. Et maintenant, chaque scénario apparaîtrait comme étrangement incomplet s'il n'était pas là.

On frappa à la porte.

Ça ne pouvait être que lui. Elle n'avait pas commandé de pizza.

Les coups étaient fermes, comme ceux d'un homme s'attendant à ce que toutes les portes lui soient ouvertes.

Elle chercha vainement un endroit où se cacher.

Mais bien sûr, son appartement était trop petit pour offrir une quelconque cachette. C'était un studio, qu'elle avait loué dans l'urgence, pour laisser derrière elle l'endroit qu'elle avait partagé avec Mitchell.

Elle avait fait le sacrifice de la surface pour bénéficier d'une excellente situation en plein centre. La petitesse l'avait contrainte à se séparer de la plupart des choses qu'ils avaient achetées ensemble. Heureusement, la vente de quelques meubles de qualité et objets de prix lui avait permis de se refaire financièrement.

Mais, en regardant sa décoration bon marché, faite d'objets dépareillés achetés dans des brocantes, elle voyait bien que ce n'était pas le genre d'endroit où on s'attendait à trouver une telle robe.

Et ce n'était pas non plus l'impression qu'elle voulait donner à Aidan.

Elle prit une profonde inspiration et gagna la porte.

Sur le sol en tomettes, ses talons faisaient un bruit sec et saccadé, comme celui d'un fusil-mitrailleur.

— Aidan ?

— En personne.

— Je ne me sens pas très bien, dit-elle d'une voix geignarde. Il vaut mieux que vous alliez au bal sans moi.

Pourquoi ne disait-il rien ? Il était probablement tellement habitué à ce qu'on l'accueille à bras ouverts qu'il était sous le choc.

Elle attendit en retenant son souffle, comme un enfant jouant à cache-cache et qui essayerait de se rendre invisible pour ne pas être pris.

Finalement, il parla. Et sa voix était aussi ferme que les coups frappés à la porte.

— Ouvrez, Noelle.

Son calme, tout comme sa certitude d'être obéi, la fit frissonner.

— Je ne peux pas. Allez-y sans moi. Vous viendrez me chercher quand ce sera fini. Je suis sûre que je me sentirai mieux dans quelques heures.

— Ouvrez la porte immédiatement ou je la défonce.

Elle hésita.

— Vous ne feriez pas ça.

— Vous me mettez au défi ?

Vraiment ? Aidan n'était pas le genre d'homme qu'on avait envie de défier.

Et d'ailleurs, comment faisait-on réparer une porte à quelques jours de Noël ?

Elle entrebâilla le battant.

— Je ne peux pas, dit-elle, d'une voix de moribonde tout à fait convaincante. Vous devez partir.

— Je ne partirai pas.

11

— Je ne partirai pas.

Noelle n'avait aucune raison de se sentir aussi apeurée par la réaction d'Aidan.

Après tout, il ne pouvait pas lui refuser ainsi le droit de choisir.

Et rien ne justifiait qu'elle soit tremblante et confuse, comme si son univers s'effondrait.

Mais quand elle avait décidé de faire les choses différemment, de relâcher un peu le contrôle, elle ne s'attendait pas à ce que le plus bel homme du monde menace de casser sa porte, avant d'affirmer d'un ton autoritaire qu'il ne s'en irait pas.

Il ne fallait pas non plus en tirer des conclusions hâtives. Cette déclaration ne signifiait pas qu'Aidan avait l'intention de rester pour de bon.

Cette soirée n'était en aucun cas une promesse de durée.

Ce n'était même pas un rendez-vous amoureux.

Il s'était empressé de le préciser !

Il resterait juste le temps de bouleverser sa petite vie bien tranquille, de planter des graines de discorde, avant de l'abandonner…

Pourquoi avait-elle dit oui ?

Pourquoi avait-elle dit qu'il pouvait venir la chercher ici ?

À présent, Noelle réalisait qu'elle n'avait pas envie qu'il voie son modeste studio.

Elle appuya son épaule contre la porte, et poussa, essayant de la refermer.

C'était une illustration de la vie. Une fois que vous aviez ouvert certaines portes, il était presque impossible de les refermer.

— Enlevez votre pied, dit-elle.

— Non. Vous n'avez pas l'air malade. Je suis sûr que vous simulez.

— Ne soyez pas ridicule. Enlevez votre pied ou…

— Vous allez prendre une hache et le couper ? Il est vrai que vous m'avez averti de la dangerosité des haches.

Il n'avait pas le droit de se moquer de cette situation.

— Je vais appeler la police.

— Je n'en doute pas.

Son ton était moqueur et gentil à la fois.

— Je vais me faufiler à l'intérieur pendant que vous allez chercher votre téléphone. Je suis sûr que cette robe est trop étroite pour que vous puissiez en cacher un dessous.

Donc, il avait déjà pu constater à quel point la robe était indécente !

Elle ouvrit la porte si brutalement qu'Aidan faillit basculer en avant.

— Voila ! Vous êtes content ?

Il retrouva rapidement son équilibre. Il écarquilla les yeux et passa une main dans ses cheveux, bouche bée.

Noelle resta immobile, avec l'impression d'être à moitié nue.

Le silence s'éternisa.

Naturellement, Aidan était époustouflant en smoking et chemise immaculée. Les boutons de manchettes étaient en forme de cloche de Noël, assorties à celles du collier qu'elle n'avait pas eu le courage de mettre.

Il portait un nœud papillon rouge, de la même couleur

que sa robe, et elle se dit que c'était dommage de ne pas l'accompagner.

Ils auraient formé un couple parfaitement assorti…

Il était trop grand et, naturellement, ça faisait paraître son studio encore plus petit. Et il était certainement en train de regarder son décor hétéroclite avec dédain.

Enfin, il sembla retrouver l'usage de la parole.

— Content ? Ce n'est pas vraiment le mot.

— Je sais. Ça ne me ressemble pas. C'est pour ça que…

— Vous vous souvenez de la bataille de boules de neige ? Quand je vous ai dit que vous étiez peut-être la plus belle femme que j'avais jamais rencontrée ?

Comme si on pouvait oublier une chose pareille.

— Maintenant, c'est une certitude.

Apparemment, il n'avait pas remarqué du tout la modestie de son environnement.

Mais elle ne pouvait pas céder à la tentation de baisser sa garde et d'attendre la suite.

— Je ne suis pas belle, protesta-t-elle. En fait, je me sens ridicule. J'ai l'impression d'être une petite fille qui joue à l'adulte. Regardez autour de vous. Est-ce qu'une robe comme ça a sa place ici ?

Aidan balaya machinalement la pièce du regard, notant peut-être le plateau éraflé de la table basse, les rideaux cousus main et les chaises dépareillées.

Puis son regard revint se poser sur Noelle, et une lueur de colère passa dans ses yeux.

— Vous voulez que je vous dise ? Votre ex a joué sur toutes vos incertitudes. Il n'a eu de cesse de vous rabaisser. Mais, pour l'amour du ciel, ressaisissez-vous.

Elle resta sans voix.

— Où est le collier ?

Elle était tétanisée.

Impatient, il regarda autour de lui, s'approcha du comptoir de la kitchenette où elle avait posé l'écrin et le prit.

— Je… J'ai changé d'avis, dit-elle tandis qu'il revenait vers elle.

— Tournez-vous, grommela-t-il.

Vaincue, elle se tourna en frissonnant.

Il n'attacha pas tout de suite le collier.

Avant, il caressa du bout des doigts la base de son cou, et la sensualité de cette caresse la fit frémir. Puis il posa sa paume à plat, en un geste possessif, et caressa lentement la peau nue de son dos, tout le long de l'échancrure de sa robe.

Soudain, elle aurait voulu être dans ses bras.

À son grand étonnement, elle éprouvait la tentation indéfinissable et brûlante de se blottir contre lui. Elle rêvait de sentir la chaleur de sa peau, de connaître les reliefs de son corps musclé…

Elle ferma les paupières, tandis que le désir, telle une réaction chimique, irradiait dans ses veines.

Elle sentit la chaînette encercler son cou et glisser dans les profondeurs de son décolleté. Les petites cloches taillées dans le diamant, chaudes encore des doigts d'Aidan, s'y nichèrent.

Les mains sur ses épaules, il la fit se retourner, suivit du bout des doigts le contour de la chaînette sur le délicat renflement de sa poitrine et laissa retomber sa main.

Elle aurait préféré qu'il ne fasse pas ça.

Ses jambes menaçaient de se dérober, son cœur battait à tout rompre… Et tout cela sans même qu'il l'ait embrassée.

— Il ne dépend pas de moi que vous vous sentiez belle, Noelle, dit-il d'une voix douce. C'est un travail intérieur. Mais cela commence comme ça. Ça commence en passant votre bras sous le mien et en redressant la tête pour affirmer au monde que vous êtes consciente de votre propre valeur.

D'un geste tendre, à peine appuyé, il lui caressa la joue.

— Les belles femmes ne manquent pas. Les femmes dont la beauté intérieure rayonne à l'extérieur, comme vous, sont rares. Encore plus rares que les diamants bleus de ce collier.

— Des diamants bleus ? Mais, Aidan, je ne crois pas…

Il leva un sourcil, et lui tendit son bras replié.

Elle hésita, prit une grande inspiration, et glissa son bras sous le sien.

Aussitôt, elle perçut la force d'Aidan. Et la sienne propre.

— C'est une fête, dit-il en inclinant la tête pour la regarder. C'est un événement frivole. Il n'y a pas de jury qui va évaluer votre tenue et votre performance. Et même si c'était le cas, vous remporteriez un dix sur dix.

Entre ses paroles réconfortantes et la solidité de son bras, Aidan donnait l'impression d'un homme sur lequel on pouvait se reposer quand on venait à manquer de courage.

— Ça aide à remettre les choses en perspective, dit-elle, en parvenant à esquisser un sourire. Vraiment.

Elle laissa passer un silence.

— Au fait, vous alliez vraiment défoncer la porte ?

— Bien sûr.

— Je crois que je pourrais apprécier votre autorité… Enfin, pas plus de trois secondes.

Ils rirent, et elle se sentit un peu sonnée.

Un peu comme lorsqu'on saute pour la première fois du plus haut plongeoir de la piscine.

Mais au lieu de toucher l'eau, elle avait découvert qu'elle avait des ailes.

Et qu'elle était capable de voler.

Ils sortirent. Le froid aurait dû lui tomber dessus comme une chape, mais une douce chaleur l'enveloppait. En outre, elle n'aurait pas à rester longtemps dehors.

Elle essaya de ne pas s'extasier devant la limousine.

— Vous êtes sérieux ? demanda-t-elle.

Aux fenêtres des anciennes maisons bourgeoises divisées en appartements, elle vit ses voisins jeter des coups d'œil dans leur direction.

Un chauffeur en uniforme lui ouvrit la portière.

Aidan s'assit à côté d'elle. Il semblait très à l'aise dans la limousine. Il savait précisément où se trouvait le compartiment réfrigéré contenant le champagne.

— Vous semblez avoir l'habitude des limousines, remarqua-t-elle.

— Je suppose. Il n'y aura pas de place pour se garer à des kilomètres à la ronde. Et Sierra m'a appris qu'une femme en robe de soirée et talons hauts ne peut pas marcher longtemps dans le froid.

Histoire de lui rappeler qu'il en savait beaucoup sur ce monde intimidant vers lequel ils se dirigeaient…

Et aussi qu'il avait eu une autre vie. Il avait atterri au ranch de son grand-père avec son lot de mystères.

C'était la première fois depuis leur rencontre qu'il mentionnait Sierra. Noelle espérait apprendre bientôt pourquoi Tess et lui était si seuls pour Noël.

Il devait bien avoir de la famille. Et, si ce n'était pas le cas, Sierra en avait sûrement, elle. Où étaient les tantes et oncles, les frères et sœurs, les cousins ?

— Quand on est une personne publique, expliqua Aidan, il y a toujours quelqu'un qui vous observe, en espérant vous voir commettre une erreur. Et de nos jours, presque tout le monde prend des photos.

— Quelle horreur. J'espère ne pas être considérée comme votre erreur.

— Détendez-vous. Un peu de champagne ?

— Une demi-flûte. Juste pour dire que je l'ai fait. Que j'ai bu du champagne dans une limousine. Que j'ai expérimenté la vie des gens riches et célèbres.

Il rit et lui tendit une flûte.

Les bulles lui piquèrent le nez, tandis qu'elle avalait une gorgée. Sa nervosité s'envola. Pas grâce à l'alcool, mais au calme olympien d'Aidan.

— Vous n'en prenez pas ?

— Non. Je dois piloter, tout à l'heure.

— Vous me faites penser à un chat. Détendu, mais prêt à passer à l'action.

Il haussa un sourcil, et frisotta une moustache imaginaire.

— On ne sait jamais quand une souris va passer.

La limousine prit sa place dans une file d'attente devant l'un des plus anciens et plus luxueux hôtels de Calgary. Les flashs des appareils photo éclairaient la nuit.

Et il y avait un tapis rouge.

Noelle regarda les autres invités qui sortaient des voitures. Ce n'était pas comme à Hollywood. Il n'y avait pas de personnalités connues.

Elle commençait à se détendre, quand elle remarqua quelque chose.

Les gens foulaient le tapis rouge, puis ils s'amassaient devant la porte, saluant leurs amis, échangeant des poignées de main ou des accolades.

— Oh ! mon Dieu, Aidan, il faut s'en aller.

— Mais… nous venons d'arriver.

Il suivit son regard.

— Où est le problème ?

— Mais c'est évident, voyons ! Toutes les femmes ont des robes couleur argent.

— Tant mieux. Comme ça, vous ne serez pas perdue dans la masse.

Leur voiture s'arrêta, et le chauffeur descendit pour leur ouvrir la portière.

Aidan sortit le premier, puis il tendit la main à Noelle.

Elle hésita et finit par la saisir.

— Ayez confiance en vous, murmura Aidan.

Noelle émergea de la voiture et sentit la fraîcheur de la nuit l'envelopper.

Les flashs se déclenchèrent.

Elle redressa les épaules et leva le menton.

Aidan passa un bras autour de sa taille en un geste possessif.

Il y eut quelques applaudissements, comme si certains approuvaient qu'elle ait eu l'audace de briser les codes.

— Ayez confiance en vous, répéta Aidan.

Son souffle chaud était comme une caresse sur la nudité de son cou.

Avec un sang-froid qu'elle ignorait posséder, elle leva la main et salua la foule amassée derrière les barrières.

Noelle McGregor se sentait magnifique.

Pas seulement parce qu'elle portait une somptueuse robe rouge.

Ni parce qu'elle était comme une flamme au milieu d'un océan argenté.

Mais parce qu'elle avait relevé son plus grand défi.

Elle avait fait taire la petite voix qui ne cessait de lui répéter : « Tu n'es pas assez bien. »

Et elle l'avait bannie à jamais.

Grâce à cela, elle se sentait digne de l'homme extraordinaire qui se tenait à côté d'elle.

12

Le *Christmas Enchantment Ball* portait bien son nom. Noelle avait l'impression d'avoir été transportée au cœur d'un conte de fées.

La salle de bal avait été transformée pour donner l'impression que l'événement se déroulait en extérieur.

D'immenses pin Douglas ornés de milliers de petites lumières blanches et de décorations argentées se dressaient de part et d'autre de la pièce.

Tous de la même taille, identiques comme s'ils avaient été clonés, ils auraient pu passer pour des arbres artificiels, n'eût été l'odeur résineuse qui flottait dans l'air.

L'éclairage créait une illusion d'optique, comme si des flocons de neige tombaient dans la pièce. La piste de danse était vide pour le moment, mais des groupes d'invités se déplaçaient de table en table, cherchant leur place.

Les robes étaient à couper le souffle. Chères. Toutes dans le thème. Doigts, poignets et cous dégoulinaient de bijoux.

Un brouhaha de conversations et de rires discrets emplissait la salle.

Aidan était très connu, et il fut aussitôt encerclé. Jamais Noelle ne se rappellerait les noms des personnes qu'il lui présentait.

Au passage d'un serveur, il prit une flûte sur un plateau,

et demanda qu'on lui apporte un jus de fruits quand ce serait possible.

— Noelle ? C'est vous ?

C'était le dernier endroit où elle s'attendait à rencontrer quelqu'un qu'elle connaissait. Gerald Simpson était le propriétaire de la compagnie pétrolière pour laquelle elle travaillait et qui avait employé Mitchell.

Même si elle avait assisté avec Mitchell à quelques événements organisés par la compagnie, elle était stupéfaite que Gerald se souvienne de son prénom.

Finalement, les compagnies pétrolières de la province d'Alberta formaient un petit monde aux relations imbriquées.

Gerald présenta sa femme mais quand Noelle voulut lui présenter Aidan, il dit :

— Nous nous connaissons déjà.

Puis il commença à parler des cours du pétrole, et Noelle fut soulagée qu'il ne fasse aucune allusion à Mitchell. Elle se demanda également si toute la soirée ne serait faite que de cela : prises de contacts, discussions professionnelles…

Mais Aidan y mit rapidement un terme.

— J'adorerais poursuivre cette conversation, mon cher Gerald, mais j'entends que l'orchestre commence à jouer, et je meurs d'envie de danser avec Noelle.

Il en mourait d'envie, vraiment ?

La soirée ne faisait que commencer. Il n'y avait encore personne sur la piste de danse. Tout le monde s'agglutinait au bar.

— Personne ne danse, murmura-t-elle tandis qu'Aidan lui prenait son verre et le posait sur une table voisine.

— Je sais. C'est formidable, non ?

Formidable ?

Cela voulait dire que tout le monde allait les regarder.

Cela voulait dire qu'elle se retrouverait dans la situation qu'elle détestait par-dessus tout : être au centre de toutes les attentions.

— J'aime cette chanson, dit-il.

L'orchestre interprétait un titre d'Adele.

Aidan lui prit la main et l'entraîna au milieu de la piste.

Il lui faisait face.

Elle lui faisait face.

Il passa un bras autour de sa taille, prit sa main dans la sienne.

Elle se raidit, prenant soin de maintenir entre eux le plus de distance possible.

Puis ils commencèrent à évoluer au rythme lent de la musique, et elle découvrit quel excellent danseur il était.

Souple et confiant, à l'aise avec son corps, il ne tarda pas à créer un monde qui n'appartenait qu'à eux, et elle finit par s'abandonner contre lui, en proie à une exaltation proche de l'ivresse, tandis que leurs deux corps qui ne semblaient faire qu'un ondulaient avec une vibrante sensualité.

— Vous permettez ?

Elle vit Aidan froncer les sourcils. L'homme qui venait de s'approcher d'eux était l'une des personnes qu'il lui avait présentées. Le vice-président de sa compagnie ? Mike quelque chose ?

À regret, Aidan céda sa place.

— Où diable ce bougre vous a-t-il trouvée ? demanda Mike.

— Sous un sapin de Noël, dit-elle dans un éclat de rire.

Aidan revint très vite la faire danser, mais quelqu'un d'autre vint à nouveau la solliciter.

De ces petits échanges, elle apprit beaucoup sur Aidan. Cela lui confirma ce qu'elle avait pu constater à son bureau. Ses collaborateurs le respectaient, mais ils l'aimaient également. L'ambiance au sein de la compagnie était excellente, et il encourageait cela.

Et elle avait aussi l'impression très nette qu'ils essayaient de la tester, pour vérifier si elle était digne de leur patron adoré.

La soirée était enthousiasmante. Jamais Noelle ne s'était sentie aussi belle. Il lui semblait qu'elle était une princesse.

Le temps passa trop vite et soudain, il fut minuit.

Aidan n'avait-il pas promis de la ramener avant, de crainte que son hélicoptère se transforme en citrouille ?

— Puis-je solliciter la dernière danse ? demanda-t-il en s'inclinant devant elle.

C'était courtois et suranné, tellement charmant…

— Vous pouvez.

Aidan prit la main de Noelle. Quand l'idée de l'inviter au bal lui était venue, il s'était dit qu'il lui faisait un cadeau.

Mais, à la seconde où elle lui avait ouvert la porte de son studio, il avait compris que ce n'était pas le cas.

En assistant au bal avec Noelle, c'était à lui qu'il faisait un cadeau.

C'était la première fois qu'il se montrait avec une femme depuis le décès de Sierra.

Et quelle femme il avait choisie !

Être avec Noelle, c'était comme regarder s'épanouir un bouton de rose en une fleur somptueuse.

Il l'avait vue douter de sa robe, se montrer timide et repliée sur elle-même. Puis il l'avait vue prendre pleinement possession de sa tenue et de sa propre beauté.

La métamorphose était prodigieuse.

Noelle était toujours comme il l'avait vue au début : entière, pure et généreuse. Mais il découvrait maintenant que sa personnalité était plus complexe. Elle cachait une nature passionnée qui attendait de se révéler, une fois qu'elle aurait trouvé l'homme fait pour elle.

Et le cadeau que Noelle lui faisait, c'était de lui faire comprendre qu'il était cet homme-là.

C'était avec lui qu'elle avait pris conscience de sa beauté et de sa sensualité. Avec lui qu'elle avait pleinement pris possession de toutes les facettes d'elle-même.

Tous les autres hommes présents dans la salle le voyaient aussi. Et ils étaient attirés vers elle comme des abeilles vers la fleur épanouie qu'elle était.

Il lui sourit et la conduisit à nouveau au milieu de la piste de danse.

Il savait qu'ils étaient tous les deux ravis de cette soirée, malgré la fatigue. Qu'ils avaient, l'un comme l'autre, du mal à croire que c'était déjà fini.

Les yeux dans les yeux, ils attendirent que la musique commence.

La chanson *Could I have this danse*, rendue populaire par le film *Urban Cowboy*, était celle d'Anne Murray, une chanteuse emblématique du Canada.

— Puis-je avoir cette danse ? demanda Aidan, en reprenant le titre.

Noelle acquiesça d'un petit signe de tête.

Il l'attira contre lui, posa le menton sur le dessus de son crâne.

L'air se chargea d'une vibration sensuelle que l'un et l'autre favorisèrent par une souplesse consciente des gestes, une ondulation délibérée des corps.

La façon dont ils évoluaient, étroitement enlacés, dépassait presque les limites de la décence, et Aidan avait soudain pleinement conscience du fait que Noelle ne portait presque rien sous sa robe. Mais au lieu d'en être gênée, elle l'assumait, fière d'être enfin une adulte sensuelle et désirable, et non plus cette petite fille naïve et apeurée qui cherchait à tout contrôler.

Il lui semblait que la chanson était faite pour eux.

Que chaque question posée, ils se la posaient aussi :

« Cette danse durera-t-elle toute ma vie ? » « Seras-tu mon partenaire chaque nuit ? »

Que chaque observation leur correspondait : « Quand nous sommes ensemble, c'est si bien. » « Tu es tout ce dont j'ai besoin. »

La musique s'arrêta.

Et pourtant, ils continuèrent à danser en s'observant en silence, chacun cherchant à déchiffrer les attentes et les désirs de l'autre.

Penchant soudain la tête, Aidan posa sa bouche sur celle de Noelle.

Ses lèvres étaient douces, tendres, tièdes sous les siennes. Autour d'eux le monde semblait avoir disparu.

Il n'y avait qu'elle et lui, héros romantiques d'un conte d'hiver.

Lorsque leur baiser prit fin, Aidan accusa le coup, surpris de la sensation d'abandon qu'il en éprouvait. Comme si, déjà, il ne pouvait plus vivre sans elle.

Dans sa vie bien planifiée, c'était un moment totalement imprévu, au milieu d'une salle bondée.

Il ne s'attendait pas à ressentir à nouveau cette impression de vivre pleinement, après une si longue période où les sentiments n'avaient pas eu droit de cité. Hormis l'exaltation de la réussite dans ses activités professionnelles.

Il leur fallut beaucoup de temps pour partir, car ils ne cessèrent d'être interceptés en chemin par des personnes qui voulaient les saluer.

Finalement, ils se retrouvèrent dehors.

Et le tableau qu'ils découvrirent était un enchantement.

Il avait neigé durant la soirée, et le manteau blanc qui recouvrait les grilles ouvragées du square tout proche évoquait une délicate dentelle comme on en voit sur les cartes de vœux. De gros flocons tourbillonnaient dans l'air froid, créant autour des réverbères un halo irréel.

Oui, c'était un enchantement.

Sauf si on avait prévu de voyager en hélicoptère.

Aidan eut l'impression que le destin avait choisi de se jouer de lui.

Noelle regarda Aidan sortir son téléphone de sa poche, avant d'ôter sa veste et de la draper autour de ses épaules.

Elle se demanda si elle devait refuser, mais le vêtement avait gardé la chaleur de son corps, et elle s'y blottit avec délice, appréciant ce concept pourtant démodé de galanterie.

— Ma grand-mère avait l'habitude de dire que les flocons de neige sont des baisers que nous envoient les anges.

— D'où ça sort ? grommela-t-il en consultant son téléphone.

Apparemment, il n'avait pas entendu sa remarque.

Il se connecta à la météo.

— Ils n'annoncent même pas de neige !

Noelle leva le visage et sentit avec ravissement les flocons se poser sur ses joues.

Elle avait vraiment l'impression qu'il y avait de la magie dans l'air.

Ce qui n'était apparemment pas le cas d'Aidan.

Elle le regarda secouer la tête pour chasser les flocons et se passer la main dans les cheveux.

Incapable de résister, elle leva la main et repoussa une mèche derrière son oreille. C'était exactement comme elle l'avait imaginé quand elle y avait pensé pour la première fois : naturel et juste. Comme s'ils se connaissaient depuis toujours.

— Nous ne pouvons pas voler par ce temps, déclara Aidan. Il va falloir attendre que ça se calme.

Ils étaient tellement différents.

Elle voyait des baisers d'ange.

Il voyait des obstacles l'empêchant de faire ce qu'il voulait.

Et cependant, peut-être grâce à ces moments magiques qu'ils venaient de partager, elle comprit que leurs différences pouvaient être une bonne chose.

La vie était une question d'équilibre, n'est-ce pas ?

Tandis qu'il la tenait fermement par le coude, elle commença à descendre prudemment l'escalier, à présent couvert de neige. Malheureusement, ses chaussures n'étaient pas faites pour les terrains glissants. Elle dérapa et se tordit la cheville.

Elle aurait probablement dévalé les marches si Aidan n'avait pas eu d'aussi bons réflexes.

— Appuyez-vous sur moi, dit-il.

Et elle claudiqua jusqu'à la limousine.

À sa grande surprise, Aidan donna sa propre adresse au chauffeur.

— Vous ne voulez pas plutôt me déposer chez moi ? demanda-t-elle. Il faut que je change de vêtements et que je récupère les cadeaux.

— Je préfère que nous allions chez moi. Je ne veux pas vous laisser toute seule alors que vous avez peut-être une entorse. Dès que le ciel sera dégagé, nous ferons un saut chez vous.

Il regarda par la vitre et tiqua.

— Malheureusement, je pense qu'il faudra attendre demain matin.

Aidan l'invitait chez lui, mais les circonstances n'étaient pas vraiment romantiques. Elle aurait dû insister sur le fait qu'elle serait beaucoup mieux chez elle.

Mais la tentation de voir où et comment il vivait était trop grande.

Elle se cala sur la banquette en cuir de la limousine, et

regarda le paysage qui défilait sous ses yeux, totalement brouillé et déformé par la neige.

Aidan vivait au dernier étage de l'immeuble le plus luxueux de Calgary.

Même s'il ne se situait qu'à quelques pâtés de maisons du studio de Noelle, c'était un monde complètement différent. Noelle avait lu que le prix moyen des appartements y avoisinait les trois millions de dollars.

C'était fantastique d'utiliser un ascenseur privé et de déboucher directement dans le salon. Sur tout un pan de mur des baies vitrées offraient une vue à couper le souffle sur l'architecture urbaine et le sombre ruban aquatique de la Bow River.

La décoration semblait tout droit sortie d'un magazine : murs gris, parquet en chêne cérusé, canapés de cuir blanc à piétement d'acier poli, immense tapis écru, meubles en laque blanche. De l'autre côté d'un plan de marbre blanc à peine moucheté de gris, flanqué de hauts tabourets en acier et cuir blanc, on apercevait une cuisine immaculée, aux allures de laboratoire.

C'était élégant, sophistiqué… et froid.

Noël avait été oublié. Il n'y avait pas de sapin, aucune décoration.

— Ce n'est pas étonnant que vous ne puissiez pas avoir de chien, remarqua Noelle. Et Tess ? Où joue-t-elle ?

Avant même que Noelle ait parlé, Aidan avait découvert son appartement sous un jour nouveau, sans doute déjà converti sans le savoir au charme rustique du ranch.

L'ambiance n'était pas très chaleureuse, en effet.

— Tess joue où elle veut, dit-il.

Et il entendit dans sa propre voix une note défensive.

— L'employée de maison a dû venir. C'est pour ça qu'il n'y a aucun jouet.

— L'employée de maison, répéta Noelle, pensivement.

— Vous êtes trempée. Vous tremblez. Et il se fait tard. Voulez-vous que je vous montre votre chambre ? Vous devez être fatiguée.

— Pas vraiment. Je me sens encore pleine d'énergie. C'était une merveilleuse soirée. Je ne vous en remercierai jamais assez. Toutefois, je devrais appeler mon grand-père pour lui dire que nous sommes retardés.

— Vous ne craignez pas de le réveiller ?

— Je crains plutôt de l'inquiéter.

— Que diriez-vous de prendre un chocolat chaud avant d'aller vous coucher ?

— C'est une excellente idée.

— En attendant, je vais vous chercher des vêtements secs. Et je consulterai la météo pendant que vous vous changez.

Aidan alla chercher un de ses T-shirts et un bas de pyjama, et guida Noelle vers la salle de bains. Ce faisant, il remarqua qu'elle boitait légèrement.

Lorsqu'elle revint dans le salon, il réalisa qu'elle était encore plus désirable dans sa tenue trop grande que dans sa robe pourtant éblouissante.

Après avoir appelé Rufus, elle s'installa dans un des canapés, les jambes repliées sous elle, en soufflant prudemment sur sa tasse de chocolat.

Elle but une gorgée, et une petite trace de crème s'accrocha à sa lèvre supérieure.

Pour faire diversion à son trouble, Aidan se précipita dans la cuisine et prépara une poche de glace qu'il l'obligea à appliquer sur sa cheville malgré ses protestations.

Elle regarda autour d'elle et souffla à nouveau sur sa tasse.

— Quoi ? demanda-t-il.

— Cet endroit ne vous ressemble pas, répondit-elle, après un moment d'hésitation. Ni à Tess.

Il se demanda s'il devait s'asseoir à côté d'elle, mais opta finalement pour l'autre canapé.

— Je vivais ici avant de rencontrer Sierra. Quand nous nous sommes mariés, elle a fait venir un décorateur. Après l'incendie, j'ai hésité à déménager, ou à tout refaire. Mais on m'a dit que Tess avait besoin de retrouver un environnement familier. Et je ne voulais pas effacer totalement sa mère de sa vie.

Il voyait bien comment Noelle le regardait.

Même s'il s'était efforcé de garder un ton neutre, d'effacer toute nuance d'émotion dans ses paroles, quelque chose l'avait trahi. Il avait révélé un de ses secrets.

Il avait le sentiment que Noelle était capable de les deviner, comme un sourcier était capable de trouver de l'eau.

Elle le regardait donc comme si elle savait qu'il avait été malheureux, que quelque chose n'allait pas dans ce mariage que tout le monde croyait idyllique.

Mais peut-être était-ce le décor de l'appartement qui avait guidé son intuition. Il était si différent du ranch. Tellement différent du studio, encombré certes, mais si chaleureux de Noelle.

Tout à coup, il comprit que cet endroit lui faisait penser aux plateaux de cinéma si familiers à Sierra. Il créait l'illusion d'un foyer, mais ce n'en était pas vraiment un.

— Je ne comprends pas pourquoi il n'y a aucune décoration, remarqua Noelle.

— Nous ne sommes jamais là pour Noël.

Il avait répondu froidement, pour éviter que la conversation s'éternise sur le sujet.

Mais Noelle le regardait avec une douceur qui faisait trembler la forteresse qu'il avait érigée autour de lui et qui brillait tel un phare guidant un naufragé dans la tempête.

— Pourquoi êtes-vous seuls à Noël, votre fille et vous ? Où est votre famille, où est celle de Sierra ?

— Nous avons passé une si belle soirée… Peut-être vaudrait-il mieux…

— Vous vous souvenez de ce que vous m'avez dit dans le fenil ? Que je pouvais vous faire confiance. Je l'ai fait, et je ne le regrette pas. J'ai découvert que j'étais plus courageuse que je le croyais.

Elle le fixa du regard, sans dire qu'elle attendait de lui le même courage.

Elle était adorable dans son T-shirt et son bas de pyjama, trop grands pour elle.

Elle s'était démaquillée et avait détaché ses cheveux. Ses yeux avaient pris la couleur de la mousse des sous-bois.

Il ne la connaissait pas depuis longtemps et cependant, il sentait qu'il pouvait lui faire une entière confiance.

Avait-il déjà confié à quelqu'un les sombres secrets qui pesaient sur son cœur ?

Non.

Et soudain, en la regardant, il ressentit le besoin irrésistible de parler. De ne plus être seul.

Il s'était toujours senti seul. Même quand il était avec Sierra. Et pourtant, il avait espéré que ce serait différent.

— Vous savez, le jour où vous avez accroché la couronne et que j'ai vu ce mot : espoir ? Je vous ai dit que l'espoir était dangereux…

— Oui. Et j'ai du mal à l'oublier.

— Je ne vous raconte pas ça pour que vous me preniez en pitié, mais je n'étais pas un enfant désiré.

Elle eut un petit sursaut, et il lui sourit tristement.

— Mes parents se disputaient sans cesse. Oh ! j'avais tout ce que je désirais pour Noël. La maison débordait de jouets et de vêtements. Mais moi, je ne voulais qu'une seule chose, qu'ils arrêtent de se disputer. Quand je regardais des films de Noël, ou que je lisais des contes, c'était toujours la même chose. À Noël, tout était censé s'arranger. Même la guerre s'arrêtait, et les ennemis posaient leurs armes pour fraterniser.

Il soupira.

— Mais la guerre dans notre maison ne connaissait jamais de trêve. Mes parents ont fini par divorcer quand j'avais huit ans, et ils se sont servis de moi comme monnaie d'échange ou moyen de chantage. Quand j'ai rencontré Sierra, je me suis dit que ce serait différent. Je n'avais pas compris que nous venions tous les deux de familles dysfonctionnelles. Elle ne voulait même pas parler de la sienne avec qui elle avait coupé tous les ponts.

Il se passa la main dans les cheveux, et vit que Noelle suivait son geste des yeux.

— Avec le recul, je me dis que nous n'avions aucune chance d'y arriver. Au début, nous étions très amoureux. Quand elle a découvert qu'elle était enceinte, à peine quelques semaines après notre rencontre, j'étais fou de joie. Nous voulions nous marier. Être la famille dont nous avions rêvé. Nous étions peut-être un peu trop pressés. Si nous avions attendu, nous aurions peut-être découvert que nous n'étions pas vraiment faits l'un pour l'autre.

Il laissa passer un silence.

— Je voyais que je ne la rendais pas heureuse. J'ai commencé à passer de plus en plus de temps loin d'elle. Elle s'est sentie seule et incomprise. Elle a commencé à boire. Nos disputes auraient pu rivaliser avec celles de mes parents. La nuit de l'incendie, à la veille de Noël, nous nous sommes violemment disputés. Tess s'est réveillée en pleurant. Comprenant que nous lui faisions subir exactement ce que nous avions subi, j'ai pris ma fille et je suis parti.

Malgré ses efforts pour conserver un ton neutre, sa voix se brisa et il laissa son regard se perdre au loin.

Après quelques secondes de désarroi, il se ressaisit.

— Sierra fumait peu, et jamais en public. Mais, quand elle était stressée, il lui arrivait de prendre une cigarette. D'après les enquêteurs, c'est un mégot mal éteint qui a provoqué l'incendie. Mon absence n'a jamais été révélée. Aux yeux du public, nous sommes toujours ce couple de contes de fées qu'un destin brutal a séparé. Et ça rend les choses encore plus difficiles à supporter.

— Je suis désolée.

La voix de Noelle était comme une caresse de pure compassion.

Il haussa les épaules. Il voulait arrêter mais n'y parvenait pas, comme s'il était un train lancé à vive allure, sans personne pour le piloter.

— Je n'ai pas eu de nouvelles de sa famille quand elle est morte. J'ai engagé un détective privé pour les retrouver, ne sachant pas si Tess devait les connaître ou pas.

— Et ?

— Non.

— Et vos parents ? Ils ne voient pas leur petite-fille ?

— Mon père est mort avant sa naissance. Ma mère a épousé un homme qui vit en Australie. Elle envoie une carte et un cadeau aux anniversaires et à Noël. Elle dit qu'elle est trop jeune pour être grand-mère.

— Maintenant, je comprends pourquoi vous pensez que l'espoir est dangereux.

Les yeux de Noelle brillaient, comme si elle retenait ses larmes.

Elle ne semblait pas le prendre en pitié. C'était plutôt de l'empathie, et il n'avait jamais connu cela.

Le train lancé à vive allure ne se fracassa pas contre un pont, et quelque chose de tout à fait inattendu se produisit.

Noelle avait su lui montrer la voie de la confiance.

Et, par-dessus tout, elle avait réussi à déverrouiller son cœur.

Peut-être était-ce une sorte de miracle de Noël…

13

— Vous êtes la seule personne à qui j'aie jamais raconté cela.

Aidan se surprit de son propre aveu.

— Je ne sais pas si j'ai bien fait.

Il y avait quelque chose en elle, de la couleur de ses yeux à sa croyance dans les baisers des anges, qui invitait à la confidence.

Ou à la faiblesse.

Tout dépendait du point de vue où on se plaçait.

— Pourquoi ?

— J'ai l'impression de trahir Sierra. Tess ne se souvient pas vraiment d'elle, et j'ai créé pour elle une image de mère idéale.

— Ce n'est sûrement pas ce que ferait un vrai cynique.

— Parfois, je me surprends moi-même, admit-il. Comme le fait de me confier ce soir. C'est vraiment une surprise.

— Peut-être voulez-vous simplement vous libérer d'un poids que vous avez porté trop longtemps.

Il pensait se sentir coupable et honteux pour avoir baissé sa garde et révélé des secrets qu'il aurait dû continuer à taire.

Au lieu de quoi, en regardant Noelle, il eut le sentiment d'avoir eu raison.

À présent, il se sentait léger, comme s'il s'était délesté d'un excédent de bagages.

Et il était fatigué, aussi.

— Je vais vous montrer votre chambre, proposa-t-il.

— Pas tout de suite.

Noelle tapota l'assise du canapé à côté d'elle.

Il savait qu'il aurait dû résister.

Il le savait très bien. Mais il n'était pas si fort que cela.

Il se leva et alla la rejoindre.

— Plus près, ordonna-t-elle d'une voix douce mais ferme.

Il glissa vers elle jusqu'à ce que leurs jambes se touchent.

Noelle lui prit la main et la porta à ses lèvres, puis elle la posa sur sa cuisse et la caressa sans rien dire.

Elle n'essaya pas de le consoler en l'abreuvant de paroles surfaites, cent fois entendues, et pourtant il ressentit à travers ce geste sa tendresse, sa compassion, la pureté de son âme magnifique.

— Merci, dit-il d'un ton bourru.

Il ne résista pas quand Noelle guida sa tête vers son épaule et traça les contours de son visage du bout des doigts.

Peu à peu, il se détendit. Sa respiration se fit plus profonde et régulière.

Jamais il n'avait ressenti un tel sentiment de bien-être et de sécurité.

Avec Noelle, grâce à cette façon inconditionnelle qu'elle avait de l'accepter, il avait l'impression d'avoir enfin trouvé cet endroit qu'il avait tant cherché : un foyer.

La voix de Noelle l'arracha à sa béatitude.

— Aidan, vous allez attraper un torticolis. Allez vous coucher.

Il se leva et lui tendit la main. Elle la prit, et il l'aida à se relever. La poche de glace à moitié fondue tomba à terre.

Elle se pencha pour la ramasser, mais il ne voulait pas qu'un détail aussi trivial gâche la magie entre eux.

— Laissez, dit-il.

Il la conduisit jusqu'à sa chambre, alluma le plafonnier, et tira les rideaux. Puis il la regarda.

Elle le fixait avec de grands yeux avides, prête à accepter ce qui allait suivre, et il eut honte de lui.

— Laissez-moi juste vous tenir dans mes bras, dit-il.

Le visage de Noelle laissa transparaître sa déception, mais il ne regretta pas sa décision, car elle était juste.

Tandis qu'il se glissait avec Noelle entre les draps, en attirant son corps entièrement habillé contre lui, il sut qu'il était enfin l'homme qu'il avait toujours voulu être.

Noelle fut réveillée par un rai de lumière qui filtrait dans l'entrebâillement des rideaux.

Pendant quelques secondes, elle fut désorientée, puis elle sentit le bras d'Aidan en travers de sa taille, lourd et possessif, et son cœur s'emplit de joie.

Son odeur, qui envahissait ses narines à chaque inspiration, la rendait euphorique comme si elle avait avalé une potion magique.

Elle profita du fait qu'il dormait encore pour observer son beau visage. Il semblait vulnérable, ainsi abandonné au sommeil, les lèvres entrouvertes, ses cheveux noirs ébouriffés…

Au bout d'un moment, elle regarda autour d'elle.

La chambre était aussi belle que le reste de l'appartement. Mais elle était aussi impersonnelle qu'une chambre d'hôtel.

Où étaient les photos et les chaussettes sur le sol ?

Où étaient la vieille robe de chambre – démodée mais qu'on ne pouvait se résoudre à jeter – et les dessins d'enfant ?

Il n'y avait aucune histoire ici, ni rien qui évoquait la personnalité d'Aidan.

Ça lui fit prendre conscience que la recherche effrénée du succès que menait Aidan était motivée par le besoin de combler la solitude de son cœur.

Dehors, de gros flocons tombaient toujours. Son sentiment de bien-être l'abandonna.

Il neigeait encore. Et c'était la veille de Noël.

Elle toucha l'épaule d'Aidan et le secoua un peu.

Il ouvrit les yeux. Si bleus. Débordant de tendresse.

— Noelle, susurra-t-il.

Il aurait été facile de succomber à la tentation, mais non. C'était bientôt Noël. Ils avaient des responsabilités.

— Regardez le temps, dit-elle.

Il regarda vers la fenêtre et pesta entre ses dents.

Roulant sur le côté, il se leva et alla ouvrir les rideaux.

Lorsqu'il se retourna, Noelle vit la panique sur son visage et devina ce qu'il allait dire.

— C'est la veille de Noël. Il faut que je sois avec Tess.

— Je sais.

Et c'est à ce moment-là qu'elle comprit.

Elle aimait cet homme.

C'était fou.

Et probablement stupide. Des années-lumière séparaient leurs deux mondes.

Ça allait trop vite. Elle ne savait pas où cela allait les mener.

Comme dans l'histoire de Cendrillon, la menace de minuit planait. Sauf que leur minuit était Noël. Il allait partager sa vie avec elle jusqu'à cette date. Et après ?

— Croyez-le ou non, je ne veux pas que Tess développe les mêmes réserves que moi à propos de Noël. Il faut que Jerry Juicejar soit sous le sapin demain matin.

— Je sais.

— Je vais prendre la voiture.

— Bien sûr.

Elle admirait cela en lui. Cet acharnement. Cette vaillance.

C'était un guerrier. Mais avec un cœur tendre.

— Écoutez, ça risque d'être éprouvant. Les conditions de circulation seront très difficiles.

— Je sais.

— Vous n'êtes pas obligée de venir.

Elle n'avait pas le choix. La perspective de passer les fêtes seule était insoutenable.

— Cela risque de réveiller vos angoisses.

— C'est vrai. Depuis l'accident de mes parents, j'évite d'être sur la route par mauvais temps. Mais j'ai décidé de ne plus laisser la peur me diriger.

Une heure plus tard, ils passèrent au studio de Noelle pour prendre quelques affaires et ses cadeaux, puis ils se mirent en route. Ce n'était pas de la peur que Noelle ressentait, mais l'impression d'embarquer dans une grande aventure avec un homme à qui elle pouvait se fier.

Après ses confidences de la veille, elle avait encore plus confiance en Aidan.

Et elle avait admis qu'elle l'aimait.

Il n'y avait plus désormais de place pour le doute.

L'amour rendait toute chose possible. Même l'impossible.

Leur véhicule, un lourd engin à quatre roues motrices initialement créé pour l'armée mais adapté à un usage particulier, était d'une solidité à toute épreuve.

Ils y empilèrent les cadeaux, une thermos remplie de café, de quoi grignoter, un supplément de vêtements, une couverture, un kit d'urgence avec une torche, des bougies, des allumettes, et une trousse de premiers soins.

La route qui passait au sud de Calgary, bien que n'étant pas particulièrement bien entretenue, était praticable. Les déneigeuses et les sableuses travaillaient à plein régime pour permettre aux citadins de retrouver leurs proches pour Noël.

Aidan conduisait comme il pilotait l'hélicoptère, calmement, avec la confiance d'un homme certain de ses forces et de ses capacités.

Ils écoutèrent de la musique et discutèrent de tout et de rien, s'apercevant qu'ils avaient lu les mêmes livres, aimé les mêmes films, et qu'ils avaient, aussi curieux que cela puisse paraître, infiniment de points communs.

Il la fit rire avec des histoires sur Tess, et des anecdotes à propos de sa maladresse de père célibataire.

Elle lui raconta comment l'enfant des villes qu'elle était alors avait dû s'adapter à la vie rurale, et comment elle en était venue à adorer le ranch.

Elle se sentait détendue et – cajolant son amour secret pour lui – heureuse d'être en sa compagnie.

Elle en oubliait le mauvais temps qui sévissait en dehors du cocon qu'ils partageaient.

Lorsqu'ils s'engagèrent sur le réseau secondaire, les conditions de circulation commencèrent à se dégrader. La Direction de l'équipement n'accordait pas la même attention à ces petites routes.

Le trafic, assez clairsemé, était ralenti par la neige qui s'était remise à tomber.

Soudain, un peu plus loin devant eux, les feux stop d'une petite voiture bleue projetèrent un halo rouge à travers le blizzard.

Un daim traversa devant la voiture, qui parvint à l'éviter mais perdit le contrôle et fit un tête-à-queue avant d'aller finir sa course sur le bas-côté, le capot enfoncé dans un remblai.

Les voitures qui la suivaient évitèrent la collision, non sans patiner allègrement sur la neige. Une fois qu'elles eurent repris de l'adhérence, elles continuèrent tout bonnement leur route.

Aidan fut le seul à s'arrêter.

— Restez là, dit-il à Noelle.

Tandis qu'il se dirigeait vers la voiture accidentée et se

penchait pour parler au conducteur, Noelle fut submergée d'admiration pour lui.

Après tout ce qu'il avait vécu – une enfance désastreuse, un mariage décevant et un veuvage –, il restait un homme attentif aux autres et honorable. Celui sur qui on pouvait compter pour faire ce qui était juste.

Il prétendait être cynique, mais sous sa carapace se cachait le cœur d'un homme bon et fort.

Le conducteur émergea de la voiture. Puis l'autre portière s'ouvrit, et une jeune femme apparut. Elle se précipita à l'arrière et sortit un bébé.

Il était évident qu'elle était terrifiée, et Noelle descendit de la voiture pour aller la chercher et l'inviter à se mettre à l'abri avec elle dans l'habitacle chauffé.

Aidan avait un câble de remorquage dans son coffre et il eut tôt fait de sortir la petite voiture de l'ornière. Contre toute attente, elle était toujours en état de rouler, et la petite famille put reprendre la route.

Noelle poussa un soupir de contentement quand ils redémarrèrent.

— N'était-ce pas un parfait exemple de la magie de Noël ? demanda-t-elle.

Aidan sembla réfléchir, avant de tourner la tête vers elle et de lui adresser son plus vibrant sourire.

— Parfait.

En temps normal, le trajet entre Calgary et la maison de Rufus ne prenait que deux heures. Ils étaient en route depuis sept heures quand ils franchirent l'arche en bois qui marquait l'entrée du ranch.

Ils n'étaient plus qu'à quelques centaines de mètres de Noël, des illuminations et du lait de poule, des chants autour du sapin, de la surprise et de la joie de Tess, du feu de cheminée dans le salon…

Heureusement, Rufus avait sorti la pelleteuse pour dégager le chemin, et ils roulaient sans encombre.

Mais soudain, un gros tronc s'abattit devant eux, terrassé par le poids de la neige.

Aidan freina, et le lourd véhicule aux allures de char d'assaut s'arrêta net.

Il rejeta la tête en arrière, ferma les yeux, puis il tourna la tête vers Noelle et la regarda.

— Quelques secondes de plus…

— Je sais.

Elle sentait son cœur battre à tout rompre.

Ils prirent un moment pour assimiler le fait que la vie pouvait changer en l'espace d'un battement de cils, et qu'ils n'étaient pas passés loin de la catastrophe.

— Je vais appeler mon grand-père, et il va venir nous sortir de là avec le tracteur.

Elle regarda son téléphone et pesta.

— Laissez-moi deviner. Nous sommes entrés dans la zone blanche non desservie par le réseau, dit Aidan.

Elle hocha la tête.

— Grandpa va être tellement inquiet. Nous y allons à pied ?

Aidan regarda dehors.

— Non. Il commence à faire sombre, et la neige diminue la visibilité. Nous risquons de nous perdre. Je préfère rester ici.

— Mais Rufus va se faire un sang d'encre.

— Vous savez, votre grand-père en a sûrement vu d'autres. Il connaît sa région, le mauvais temps, les routes mal entretenues, l'absence de communication, et les imprévus liés à la nature. Je pense qu'il va très bien s'en sortir, et qu'il fera en sorte que tout aille bien pour Tess et Nana.

Et soudain, Noelle comprit autre chose.

Peu importaient les souhaits et les projets que formait

une personne. Il y avait des forces plus puissantes sur lesquelles l'être humain n'avait aucune prise.

Parfois, même si vous aviez envie d'être à la maison pour Noël, ce n'était pas possible.

— Qu'est-ce qu'il y a là-bas ?

Noelle suivit le regard d'Aidan. La forme d'un bâtiment se distinguait à peine à travers la tempête de neige.

— Oh ! ça ? C'est le chalet des jeunes mariés.

Il écarquilla les yeux.

— Vous vous moquez de moi ?

— Non. Pas du tout.

14

Noelle se sentit rougir sous le regard incrédule d'Aidan. Ce n'était pourtant pas sa faute s'ils étaient bloqués à quelques mètres du chalet des jeunes mariés !

— Un chalet au milieu de nulle part, dit-il. C'est totalement surréaliste.

— Il n'est pas au milieu de nulle part. Toutes ces terres appartenaient aux McGregor. Mon grand-père les a vendues cette année. Il n'y avait plus personne pour les cultiver.

Percevant l'émotion dans sa voix, Aidan tendit le bras et lui pressa la main.

— Bref, nous sommes proches des limites de l'ancienne propriété. Un de mes ancêtres a construit ce chalet pour y faire venir sa fiancée, qu'il avait connue en Écosse avant d'émigrer. Plus tard, ils ont construit la grande maison, dans un endroit plus abrité du vent, et plus proche d'un point d'eau.

— Eh bien, allons voir si c'est habitable.

— Je n'en sais rien. Mais ce sera sans doute plus confortable que de passer la nuit dans la voiture.

Lorsqu'elle descendit de voiture, elle se tordit à nouveau la cheville. Elle essaya d'étouffer un cri de douleur mais Aidan, qui était parti en avant, fit demi-tour.

— Attendez-moi ici un instant. Je vais voir si c'est verrouillé.

— Personne ici ne verrouille un chalet ou une cabane, au cas où quelqu'un aurait besoin de s'abriter.

— Eh bien, dans ce cas…

Il la souleva dans ses bras comme si elle ne pesait pas plus qu'une plume et pataugea dans la neige en la tenant étroitement serrée contre lui.

Il monta les marches du perron, rendues dangereusement glissantes par la neige, parvint à manœuvrer la poignée, et puis…

— Non, ne faites pas ça !

Mais il était trop tard.

Il lui avait fait franchir le seuil du chalet des jeunes mariés en la portant dans ses bras.

Elle gloussa et enfouit son visage au creux de l'épaule d'Aidan.

Il était tellement facile de s'imaginer franchir ce seuil dans d'autres circonstances.

Il lui adressa un regard narquois et la déposa sur une chaise près de la cheminée.

Puis il retourna à la voiture pour chercher le kit d'urgence qui contenait une torche. Il l'alluma et promena le rayon lumineux autour de lui.

Frissonnante, Noelle serra les bras autour d'elle et observa la pièce.

Elle était simple mais jolie, et elle fut surprise de découvrir que les rideaux rouges à la fenêtre semblaient neufs. Une nappe à carreaux rouges et blancs recouvrait la table. Elle souleva un coin. Cousu main.

Un grand tapis coloré, fait de chutes de tissus comme en fabriquait sa grand-mère, réchauffait le sol.

Dans un coin, se trouvait un lit fabriqué à partir de rondins. Le matelas était roulé et enveloppé dans du plastique pour le protéger des rongeurs.

Dans le coin opposé, il y avait la cuisine : quelques

étagères avec de la vaisselle, des casseroles et des poêles suspendues à un râtelier, une grande cuvette émaillée…

— C'est devenu une tradition, dit-elle. Tout le monde a passé sa lune de miel ici. Mes parents étaient les derniers.

Observant à nouveau le décor, elle comprit soudain. Sa grand-mère, songeant qu'elle allait épouser Mitchell, avait préparé le chalet pour eux. C'était probablement la dernière chose qu'elle avait faite.

Submergée par une vague de tristesse, elle sentit ses yeux s'embuer et ne parvint pas à retenir ses larmes.

Aidan s'approcha et passa un bras autour de ses épaules.

— Allons, dit-il. Tout va bien. La journée a été longue, et difficile, mais nous sommes sains et saufs.

— Oui, la journée a été longue.

La gorge nouée, elle se força à poursuivre :

— Je pleurais parce que j'ai pensé que ma grand-mère avait préparé le chalet pour moi. Pour ma lune de miel.

— Si jamais je rencontre ce type, je vais lui casser la figure, promit Aidan d'un ton féroce.

Elle se mit à hoqueter, entre rire et larmes.

— Non, ne faites pas ça. Je ne regrette pas de ne pas avoir épousé Mitchell. Plus maintenant, en tout cas.

Elle réfléchit à ce qu'elle venait de dire.

Quand exactement avait-elle commencé à comprendre que la rupture imposée par Mitchell était une bénédiction ?

Pour la première fois, elle se sentit capable de lui pardonner. Il avait dû réaliser que quelque chose n'allait pas dans leur couple.

Le fait qu'il ait vidé leur compte commun avait toujours du mal à passer, mais ce n'était finalement pas cher payé pour une leçon de vie tout à fait précieuse.

— Je commence à voir que ce n'était pas bien pour moi, expliqua-t-elle. Ce ne sont pas des larmes de tristesse.

Elle essuya ses joues du bout des doigts.

— Pendant un moment, j'ai eu l'impression que mes parents étaient là. J'ai senti leur amour dans cette pièce.

— Moi aussi.

Elle rejeta la tête en arrière pour le regarder.

— Quoi ? Aidan Phillips, l'homme le plus cynique du monde, peut ressentir ce genre de chose ?

Il haussa les épaules.

— C'est peut-être encore un miracle de Noël.

Il frappa dans ses mains, comme pour s'encourager à passer à l'action.

— Et maintenant, occupons-nous du feu.

Il s'approcha de la cheminée.

— Il y a des bûches, et un fagot de petit bois pour démarrer.

— Ces chalets sont toujours prêts à être utilisés. On ne sait jamais quand un inconnu en détresse aura besoin d'un refuge.

Il se tourna et la regarda avec sérieux.

— Ce n'est pas sans rappeler la Nativité.

Le sceptique en lui semblait avoir complètement disparu depuis qu'il avait partagé ses secrets, la nuit dernière.

— Oui, murmura-t-elle. C'est vrai.

Ils restèrent un moment silencieux, en proie à une vive émotion, puis Aidan s'occupa du feu.

Bientôt, le bois se mit à craquer, les flammes s'élevèrent, et la chaleur commença à se répandre dans la petite pièce.

— Ne soyez pas étonnée, dit-il. J'ai été scout, vous savez.

Ce devait être là qu'il avait appris l'importance des bonnes actions !

Il retourna à la voiture dans la tempête et ne tarda pas à revenir avec les friandises achetées par Noelle.

Puis il trouva une hache et annonça qu'il allait couper du bois. Noelle se leva et fit le tour de la pièce en boitillant. Elle trouva de l'huile pour les lampes et les alluma.

Elle regarda ensuite dans le petit garde-manger. On ne

laissait jamais de conserves car elles pouvaient geler et exploser. Une souris avait grignoté les sachets de soupe lyophilisée et le paquet de crackers.

Elle sortit sur le perron. Il y avait déjà une belle pile de bois rangée sous l'auvent. Que faisait-il ?

— Aidan ?

Par-dessus le hurlement féroce du vent, elle pouvait l'entendre donner des coups de hache.

En évitant de trop prendre appui sur sa cheville blessée, elle descendit les marches malgré la tempête. Elle emplit deux seaux de neige et les plaça devant la cheminée pour la faire fondre.

Elle déroula ensuite le matelas et prit de quoi faire le lit dans une malle métallique.

C'était une tâche plutôt agréable que de rendre le chalet accueillant une nuit de Noël.

Et cependant, elle ne pouvait ignorer qu'il n'y avait qu'un seul lit. Elle n'était pas sûre que les choses se déroulent de la même manière que la nuit précédente.

Elle n'était pas sûre non plus de pouvoir continuer à s'empêcher d'aimer Aidan, dans tous les sens du terme.

Elle avait terriblement envie de lui, du goût de ses lèvres, du contact de ses mains, de son regard sur elle.

Elle l'entendit sur le perron.

La porte s'ouvrit, et elle comprit ce qu'il était allé faire dans la forêt.

Il lui avait trouvé le sapin de Noël parfait, et il le traîna à l'intérieur, en laissant de la neige sur le sol.

— Pour vous, dit-il.

Il déposa le sapin, et retourna fermer la porte tandis que dehors la tempête faisait rage.

L'émotion envahit Noelle, et elle fut ravie qu'Aidan lui tourne le dos. Ce geste de sa part signifiait beaucoup plus que le collier, qu'elle portait toujours autour du cou.

Faute de support pour faire tenir le sapin debout, ils

l'installèrent contre un mur, et Aidan cloua une branche pour l'empêcher de tomber. Puis ils fabriquèrent des décorations avec tout ce qu'ils purent trouver.

Il y avait une bobine de ficelle sur une des étagères de la cuisine, et Noelle la tressa pour en faire des guirlandes. Ils y accrochèrent des boules faites de serviettes en papier roulées, et des étoiles découpées dans des assiettes en carton.

Quand ce fut terminé, ils s'assirent à la table pour admirer leur œuvre et dévorèrent une partie des friandises que Noelle avait achetées pour remplir les bottes de Noël.

Dans le tiroir de la table, ils trouvèrent un jeu de cartes et firent une partie de *Ninety-nine*, l'objectif étant que le total de la pile de cartes jouées atteigne exactement quatre-vingt-dix-neuf. Puis, en l'honneur de Tess, ils jouèrent au *Go Fich* – dont le but était de former plus de combinaisons de cartes que son adversaire – et au *Crazy Eights*, où il fallait se débarrasser de toutes ses cartes en totalisant le moins de points en fin de partie.

C'était la meilleure veillée de Noël qu'elle ait jamais connue.

Tandis que le vent hurlait à l'extérieur, et que la neige frappait les carreaux, la pièce au silence feutré, baignée de la lumière chatoyante du feu qui pétillait dans l'âtre, était devenue un monde à part qui n'appartenait qu'à eux.

Il n'y avait pas de distractions extérieures, pas de téléphone, pas de besoin de vérifier l'arrivée incessante de nouveaux messages et d'alertes d'informations. Il n'y avait ni télévision ni ordinateur.

Il y avait la simplicité, la chaleur, la nourriture… Et eux deux.

Ils rirent tandis qu'ils jouaient aux cartes, inventèrent de nouvelles règles, dirent des bêtises et trichèrent sans vergogne, tout en trouvant toutes les excuses pour se toucher les mains.

Et puis le rire céda la place au trouble et au désir.

La main d'Aidan s'attarda un peu trop longtemps sur celle de Noelle. Son regard se posa sur ses lèvres. La lumière de feu qui y dansait ne laissait aucun doute quant à son désir.

Une tension presque palpable flottait dans l'air.

Envahie de picotements semblables à un courant électrique, Noelle sentait son cœur cogner contre sa poitrine avec une intensité alarmante.

Le désir chassait l'une après l'autre toute autre pensée de son esprit : chaque inquiétude, chaque douleur passée, chaque projection dans le futur s'évanouissait, éradiquée par le besoin de renforcer le lien entre eux.

Il tira sur sa main jusqu'à ce qu'elle se lève et vienne s'asseoir sur ses genoux. Elle passa la main dans ses cheveux, savourant leur contact soyeux. Il caressa sa joue avec un tendre respect.

Puis il inclina le visage au-dessus du sien et la douceur, pour ne pas dire la timidité, fut remplacée par la fièvre et la passion.

Les lèvres d'Aidan lui communiquaient une vibrante exigence, ses doigts lui caressaient la nuque, glissaient le long de son dos, jusqu'au creux de ses reins.

Elle tressaillit lorsqu'il passa une main sous son pull, effleurant sa peau nue. Un désir venu du fond des âges l'envahit. Celui de le connaître intimement.

Autour d'elle, le décor s'était fondu en une brume indistincte.

Plus rien ne comptait hormis Aidan.

Aidan et ses baisers au goût de chocolat.

Aidan et ses yeux bleus.

Aidan et le frottement de sa barbe naissante sur sa peau délicate.

Aidan et l'odeur résineuse de sapin fraîchement coupé qui s'accrochait à lui.

Aidan et ses mains qui couvraient son corps de troublantes caresses.

Il se leva en la soulevant dans ses bras et la déposa avec douceur sur le lit. Puis il la regarda, et dans la profondeur de ses prunelles elle vit briller la flamme d'un désir si intense que ses forces l'abandonnèrent. Le besoin de se livrer à la chaleur de ce corps l'envahissait tout entière, et elle comprit tout à coup qu'elle avait attendu ce moment depuis le premier jour.

Elle lui tendit les bras et, avec un grognement de pure reddition, il vint s'étendre sur elle.

Elle perçut sa force et sa chaleur, et la preuve infaillible de son désir pour elle.

Leurs souffles se mêlaient, haletants. Doucement, Aidan lui mordilla les lèvres. Puis, du bout de la langue, il les caressa voluptueusement avant d'en explorer l'intimité. Noelle perdait pied, se donnant sans retenue à la passion de ce baiser qui allumait en elle un incendie. Les bras noués autour du cou d'Aidan, elle se sentit chavirer.

Il était un concentré de virilité. Un homme à cent pour cent. Un guerrier et un prince. Un bandit à peine civilisé.

Il était un homme qui savait ce qu'il voulait.

Elle aimait cet aspect de sa personnalité.

Elle aimait qu'il perde enfin son sang-froid légendaire.

Et c'était grâce à elle qu'il avait enfin lâché prise.

Elle savourait ce pouvoir nouvellement acquis, cette victoire tant attendue, quand il se redressa et s'assit sur le bord du lit.

— Je ne peux pas, dit-il.

— Mais si, tu peux, murmura-t-elle.

Sa voix était enrouée de désir.

— Non.

— Pourquoi ?

Pourquoi ?

Aidan observa le beau visage de Noelle, rosi par le désir qu'elle avait de lui.

Elle l'ignorait sans doute elle-même, mais elle n'était pas ce genre de femme. Pas du tout.

Elle était le genre de femme qui attend plus d'un homme. Qui en exige plus.

Elle avait déjà vécu avec un homme qui ne la méritait pas. Qui ne s'était pas posé les bonnes questions.

Où cela allait-il les mener ? Qu'avait-il à lui offrir ? Ses intentions étaient-elles honorables ?

Aidan devait envisager cela de façon réaliste. Ils ne se connaissaient que depuis quelques jours. Il semblait impossible d'avoir déjà des sentiments aussi forts pour elle, ou qu'elle en ait pour lui.

Le fait d'être isolé dans ce petit chalet était-il source d'illusions qui ne supporteraient pas la confrontation avec la réalité ?

Et cependant, quand il la regardait, ce mot d'éternité lui semblait pour la première fois être quelque chose qu'il pouvait espérer.

Et s'il était prêt à lui offrir un engagement de toute une vie, en quoi était-ce honorable de faire ceci avant ?

Noelle était une femme qui méritait d'être courtisée lentement, à l'ancienne. D'être couverte de cadeaux qui l'émerveilleraient, d'être invitée à danser et à dîner aux chandelles.

Une femme qui méritait d'être chérie, honorée et respectée dans les liens du mariage.

Peut-être était-ce le fait d'être le père célibataire d'une petite fille qui lui faisait prendre conscience de tout cela. Il voulait donner à Noelle ce qu'il espérait que Tess recevrait un jour d'un homme honnête et respectueux.

Quand il regardait le visage de Noelle, il savait qu'il avait reçu le plus beau des cadeaux de Noël.

Celui qu'il avait toujours espéré et auquel il avait fini par ne plus croire.

Il était amoureux de Noelle.

Ou, en tout cas, il en avait l'impression.

Mais si c'était vrai, il devait attendre que l'intensité de ce qu'ils avaient vécu depuis quelques heures retombe.

Il ne pouvait pas partager cet espoir avec elle avant d'avoir la certitude que c'était bien réel.

— Quoi ? murmura-t-elle en l'observant avec consternation.

— Joyeux Noël, dit-il.

Et, bien qu'elle ne le sache pas, il lui fit le plus beau cadeau qui soit en lui offrant le respect qu'elle méritait.

Il s'éloigna lentement, en ignorant son regard implorant, et enfila son blouson et ses bottes.

Puis il ouvrit la porte, et une bourrasque s'engouffra dans la pièce, en semant quelques flocons de neige sur le sol.

Le mieux qu'ils avaient à faire tous les deux, c'était d'attendre que les choses se calment, et de ne pas prendre sous le coup de la passion des décisions qu'ils pourraient regretter plus tard.

— Je vais dormir dans la voiture, dit-il.

Et ce faisant, il accomplissait la chose la plus difficile qu'il ait jamais faite.

15

Noël.

Aidan fut surpris que ce soit sa première pensée. Il avait mal au cou d'avoir dormi dans la voiture, et il avait froid. Il avait fait tourner plusieurs fois le moteur pour se réchauffer, mais il était à présent coupé.

Puis il comprit pourquoi il avait eu cette réaction.

Contre toute attente, il entendait sonner des cloches. Il se redressa sur son siège et regarda à travers le pare-brise, mais il était couvert d'une épaisse couche de neige.

Le son des cloches s'intensifia, puis il entendit un rire d'enfant.

Il s'extirpa de la voiture. Le soleil était levé, et il fut aveuglé par son éclat.

Une carriole tirée par deux chevaux de trait gris venait vers lui. Leur respiration dessinait dans l'air froid de petits nuages de buée. La neige fraîche, qui prenait de scintillants reflets bleus sous le soleil, étouffait leur pas cadencé, rendu plus gracieux encore par l'ondulation au vent de leurs abondants fanons blancs.

Et dans la carriole se trouvaient Rufus, Nana, Tess et Smiley.

L'équipage s'arrêta à sa hauteur et Tess lui tendit les bras. Il la souleva de son siège, l'embrassa affectueusement et la tint précieusement serrée contre lui.

— Joyeux Noël, papa !

— Joyeux Noël, Tess.

Il observa son petit visage. Si elle s'était inquiétée de son absence, cela ne se voyait pas.

— Devine quoi ? Le Père Noël n'est pas passé. Rufus dit que c'est la première fois de toute sa vie qu'il est bloqué par une tempête de neige.

Tess soupira de contentement, apparemment tout excitée d'avoir assisté à un événement historique.

Par-dessus son épaule, Aidan chercha le regard de Rufus, et lui adressa un remerciement muet pour avoir donné un tour positif à ce contretemps, renforçant ainsi la magie de Noël au lieu de la détruire.

— Le Père Noël viendra demain, annonça Tess avec le plus grand sérieux. Il faudra plus de gâteaux pour lui, et plus de carottes pour les rennes.

Aidan s'adressa à Rufus.

— Comment nous avez-vous trouvés ?

Rufus avait l'air différent. Tout comme Nana. Ils paraissaient plus jeunes, rendus joyeux par quelque chose qui n'avait rien à voir avec la promenade en carriole dans le matin frais.

— Je me doutais bien que vous seriez coincés. Un arbre est tombé près de la maison aussi. Ça a coupé le courant. Et puis, je me suis dit que vous auriez trouvé refuge dans le chalet. Où est Noelle ? Et comment se fait-il que vous ayez dormi dans la voiture ?

Aidan se dandina, gêné, et Rufus eut un petit rire entendu.

— C'est pour protéger la vertu de ma petite-fille, c'est ça ?

Retrouvant son sérieux, il ajouta avec douceur et respect :

— Vous êtes un homme bien.

L'approbation du vieil homme alla droit au cœur d'Aidan. Cela justifiait le sacrifice qu'il avait fait la veille.

Il croisa son regard et lui sourit avec modestie.

Puis la porte du chalet s'ouvrit, et Noelle sortit.

En la regardant, Aidan sentit son cœur se gonfler de bonheur.

Elle était incroyablement belle.

Sans maquillage, les cheveux emmêlés et les vêtements froissés, elle était belle, tout simplement.

Lorsqu'elle s'approcha, il vit une adorable timidité dans son sourire, une lueur d'incertitude dans son regard.

Il remarqua qu'elle boitait toujours légèrement, et il alla à sa rencontre.

— Joyeux anniversaire, dit-il.

— Joyeux Noël, Aidan.

— Joyeux anniversaire, ma petite étoile de Noël.

Rufus sauta de la carriole, avec une vivacité étonnante pour son âge. Puis il prit Noelle dans ses bras et la fit tournoyer. Elle éclata de rire et embrassa la joue parcheminée de son grand-père.

Aidan sentit ses yeux s'embuer.

Voilà ce qu'il avait toujours cherché.

C'était dans l'air entre Noelle et Rufus. L'amour. Le sens de la famille. La certitude qu'il y aurait toujours un endroit où se réfugier.

Pouvait-il lui aussi avoir cela ?

Quel cadeau ce serait pour sa fille !

Après ces retrouvailles, Rufus alla inspecter l'arbre.

— Je devrais pouvoir le déplacer avec le tracteur.

Cette bonne nouvelle annoncée, il se rembrunit.

— Par contre, j'ai dû annuler le repas de Noël avec les villageois. Je ne voulais pas que quiconque risque sa vie pour grimper jusqu'ici. De toute façon, il n'y a plus d'électricité. Je ne vois pas comment je pourrais faire cuire une dinde dans ces conditions.

Il hocha la tête d'un air entendu.

— Heureusement que j'ai encore mon vieux téléphone à cadran, que vous les jeunes trouvez si bizarre. Il n'y a pas besoin d'électricité pour passer quelques coups de fil. Et il nous reste le poêle. On peut y cuisiner quelques plats rudimentaires.

— Ah, grandpa, je suis désolée pour tes projets de Noël.

Rufus haussa les épaules.

— Quand tu auras mon âge, tu comprendras que derrière chaque contretemps se cache un projet encore plus grand.

Les sages paroles de Rufus occupaient encore l'esprit d'Aidan tandis qu'il vidait le coffre de la voiture et plaçait tous les cadeaux dans la carriole.

Tess voulait absolument voyager devant avec Nana et Rufus, et il se retrouva à partager une couverture avec Noelle sur la banquette arrière.

Il lui prit la main et se remémora l'étrange série d'événements qui les avaient rapprochés. La bataille de boules de neige. La coupe du sapin. La confection de la maison en pain d'épice. Leur conversation dans le fenil. Le bal.

Il songea aussi aux confidences qu'il lui avait faites et à ce qu'il avait ressenti. Ce n'était pas de la faiblesse, mais plutôt une invitation à se réveiller, à vivre à nouveau.

Enfin, il se rappela leur trajet dans la tempête, le calme et le courage de Noelle. La décoration improvisée de leur petit sapin. Les parties de cartes et les éclats de rire.

Il lui semblait que tout cela faisait partie d'un projet plus grand que tout ce qu'il pouvait imaginer.

Noelle lui accorda une totale attention, scrutant son visage.

Ce qu'elle y lut parut la rassurer, car un immense sourire étira ses lèvres.

À son tour, Aidan chercha à déchiffrer le regard de Noelle. Puis il regarda sa fille qui avait passé les bras autour du cou du chien, et Nana qui avait pris la main de Rufus.

L'amour était dans l'air.

Était-il possible que ce soit cela, ce grand projet qui les dépassait tous ?

Finalement, c'était cela le message de Noël.

S'aimer les uns les autres.

Aimer les inconnus rencontrés en chemin.

Aimer sa famille, même avec ses défauts.

S'aimer l'un l'autre.

Dire oui, plutôt que non, à chaque fois que cette force magnifique – l'amour – croisait votre route.

Aidan sentit cette question gagner en intensité.

Pouvait-il dire oui à ce qu'il avait attendu toute sa vie ?

Il lutta encore. Cela semblait tellement dévastateur.

Le cynique en lui essaya de se manifester, peut-être pour la dernière fois. Mais il laissa cette partie de lui se soumettre aussi à cette force supérieure qui vibrait dans l'air.

Au fond de sa tête, il entendit d'abord un murmure.

Oui.

Puis un cri.

Oui !

Noelle sentit la reddition d'Aidan. Elle n'avait pas eu conscience qu'il demeurait en lui une zone d'ombre, jusqu'à ce que celle-ci disparaisse.

Jusqu'à ce qu'elle découvre une nouvelle étincelle dans ses yeux quand il la regarda.

Son grand-père fit tourner l'attelage, et ils reprirent le chemin de la maison. La crinière des chevaux volait au vent, et on imaginait le claquement rythmé de leurs sabots malgré l'épais tapis de neige qui étouffait leurs pas. Le son de leurs cloches faisait penser au carillon d'une église, tandis qu'ils fendaient l'air glacé avec un mélange de force et de grâce.

Tess riait aux éclats, et Nana se blottissait contre Rufus.

Il faisait froid, mais le soleil matinal, la couverture, et

surtout la main d'Aidan qui tenait la sienne enveloppaient Noelle d'une douce chaleur.

Une chanson s'éleva.

Jingle bells, jingle bells, jingle all the way…

Et c'était la voix d'Aidan qu'on entendait.

Tess applaudit, tout en regardant son père avec émerveillement. L'émerveillement d'une enfant qui croyait encore à la magie et aux miracles de Noël.

Sa petite voix, innocente et fraîche, se joignit à celle de son père et ils se mirent tous à chanter en chœur.

Tandis que Rufus allait s'occuper des chevaux, Nana déploya tous ses talents à préparer un petit déjeuner digne de ce nom sur le poêle.

Le repas terminé, Tess ne voulut pas attendre une seconde de plus pour ouvrir ses cadeaux.

Aidan mit Jerry Juicejar de côté, pour qu'il soit livré le lendemain par le Père Noël, puisqu'il s'agissait d'une commande spécialement passée auprès de lui.

Bientôt, le salon fut envahi de papiers déchirés et de cris de ravissement.

Tess tendit un paquet à Noelle avec une timidité inhabituelle.

— Comme je n'avais rien pour toi, je l'ai fait moi-même.

Noelle défit le papier cadeau, et découvrit un cahier soigneusement calligraphié et illustré. C'était l'histoire d'une petite fille dont l'anniversaire tombait le jour de Noël.

— C'est incroyable. Je n'en reviens pas que tu aies fait ça. Tu n'as que cinq ans.

— Bientôt six. Et Nana m'a aidée.

Noelle sentit ses yeux s'embuer tandis qu'elle regardait cet adorable présent, et elle sut qu'elle le chérirait toute sa vie.

Les patins remportèrent un grand succès, et Tess insista pour les essayer aussitôt.

L'étang était recouvert d'une épaisse couche de neige, et Rufus testa la solidité de la glace avant de démarrer le tracteur et de nettoyer la surface. Puis il invita Nana à le rejoindre dans la cabine, et ils partirent déneiger le chemin et retirer l'arbre tombé.

Noelle observa Aidan tandis qu'il donnait sa première leçon à Tess, et ça lui réjouit le cœur de voir quel bon père il était. Patient, rassurant et drôle.

Nana et Rufus revinrent un moment plus tard, Nana conduisant la voiture d'Aidan. Puis le couple enfila aussi des patins et ils prirent le relais auprès de Tess. Aidan tendit la main à Noelle, et ils évoluèrent sur la glace, accordant leurs gestes comme s'ils se connaissaient depuis toujours.

Noelle avait du mal à croire que c'était vrai.

C'était le jour de Noël et son anniversaire, et elle était amoureuse.

Quand la fatigue et le froid eurent raison de leur enthousiasme, ils retournèrent à la maison, firent du feu dans la cheminée et sirotèrent un chocolat chaud.

Pour le déjeuner de Noël, ils préparèrent des sandwichs et de la soupe. Et, comme l'électricité n'était toujours pas rétablie, ils eurent droit au même menu le soir.

— C'est le plus beau de tous mes Noël, déclara Tess avec une petite moustache de mayonnaise au-dessus de la lèvre.

— Je suis d'accord, dit Aidan en cherchant le regard de Noelle. C'est le meilleur Noël de tous les temps.

— Et le Père Noël doit passer demain, dit Tess. Je dois penser à mettre des cookies, et puis des carottes…

Elle s'endormit au milieu de sa phrase, et Aidan la

porta jusqu'à sa chambre. Noelle l'aida à lui enfiler son pyjama et à la mettre au lit. Elle ne se réveilla même pas.

Lorsqu'ils retournèrent dans la salle à manger, Rufus et Nana avaient disparu. Ils déposèrent donc du lait, des cookies et des carottes pour le Père Noël et ses rennes, et sortirent Jerry Juicejar de sa cachette pour le mettre sous le sapin. Puis ils accrochèrent les bottes sur la cheminée et y répartirent ce qui restait de friandises.

Il s'agissait de petites choses, mais ça permettait à Noelle de découvrir à quoi pourrait ressembler la vie de femme mariée aux côtés d'Aidan, et de mère pour Tess.

Était-ce vers cela qu'ils se dirigeaient ?

Lorsqu'elle croisa le regard d'Aidan, la vérité qu'elle y lut lui coupa le souffle.

Il lui caressa la joue.

Elle tourna le visage dans sa paume et lui embrassa le creux de la main.

Et les mots qu'elle contenait depuis quelques heures franchirent ses lèvres.

— Je t'aime.

Elle se hissa sur la pointe des pieds et l'embrassa.

— Hé, protesta-t-il. Il n'y a pas de boule de gui.

Elle fut déçue.

Une fois encore, c'était lui qui reculait.

Cela voulait-il dire qu'il ne ressentait pas la même chose qu'elle ? L'avait-elle gêné ?

Était-ce ridicule de faire une telle déclaration après si peu de temps ?

Il restait immobile, à la regarder.

Puis il prononça les mots.

— Moi aussi je t'aime.

Sa voix était enrouée par l'émotion. Il paraissait surpris de ce qu'il venait de dire.

Déplaçant la main, il lui caressa la lèvre supérieure du bout du pouce.

Puis il laissa retomber son bras et, après avoir laissé échapper un soupir de frustration, il se dirigea vers le couloir.

Noelle entendit ses pas dans l'escalier, puis la porte de sa chambre qui se refermait.

— Le plus beau de tous mes Noël, murmura-t-elle.

16

— Noelle ! Réveille-toi ! Réveille-toi !

Tess la secouait de toutes ses forces.

— Il faut descendre et regarder si le Père Noël est venu.

Noelle ouvrit lentement les paupières. Elle adorait ce moment, elle adorait cette petite fille. Et elle adorait l'homme qui se tenait sur le seuil de sa porte.

— Je suis réveillée, dit-elle. Va chercher Nana et Rufus.

— Ils sont déjà debout.

Noelle se leva et enfila rapidement sa vieille robe de chambre sur son pyjama aux pingouins. Puis elle suivit Tess et Aidan au rez-de-chaussée.

Tess s'arrêta sur le seuil, puis elle poussa un cri et se rua vers le sapin.

Elle déchira le papier cadeau à grands gestes impatients, et se mit à sauter de joie.

— C'est Jerry !

Noelle et Aidan s'avancèrent. Nana se trouvait dans la pièce, mais pas Rufus. Noelle regretta que son grand-père ne soit pas là pour voir la joie de la fillette.

Puis Aidan posa la main sur son épaule, et ils échangèrent un sourire.

D'un geste très naturel, Aidan effleura ses lèvres d'un baiser.

Au même moment, Tess tourna la tête.

Elle écarquilla les yeux.

— Papa, demanda-t-elle d'une voix très douce, est-ce que Noelle va devenir ma maman ?

Aidan se figea. Il sentit le choc de la question de Tess s'abattre sur lui.

Quel père lamentable il faisait ! C'était au-delà de la maladresse.

Il n'avait pensé qu'à lui. Il s'était immergé dans la joie de savoir que Noelle l'aimait. Il s'était autorisé à croire aux miracles.

Mais il aurait dû être plus prudent.

En quoi était-il qualifié pour faire fonctionner une relation de couple ?

N'avait-il pas déjà cru, empli d'espoirs et de rêves, qu'il pourrait réussir ? Qu'il pourrait écrire sa propre histoire ? Qu'il pourrait surmonter le manque d'amour dont il avait souffert dans son enfance ?

Son mariage lui avait prouvé qu'il avait tort.

Mais il n'était pas seulement question de lui.

Comment pouvait-il entraîner sa fille sur cette route ?

Comment pouvait-il lui faire miroiter la promesse d'une famille ? D'une maman ?

Tess n'avait-elle pas assez souffert ?

Et Noelle ?

Pouvait-il lui faire cela ?

Pouvait-il accepter son amour et le regarder finir en cendres ?

Pouvait-il être celui qui éteindrait la lumière qu'il avait vue briller dans ses yeux la veille, quand elle lui avait dit qu'elle l'aimait ?

Lui avait-il vraiment répondu ?

Lui avait-il donné de faux espoirs ?

Tandis que le silence s'éternisait dans le salon, Aidan prit ses distances avec Noelle.

Elle semblait retenir son souffle en attendant sa réponse.

— Ah çà ! s'exclama Nana.

Et cette interruption évita à Aidan de répondre.

La gouvernante se tenait à la fenêtre et regardait dehors, sans doute pour donner au couple une illusion d'intimité, tandis qu'ils réfléchissaient à l'énormité de la question qui avait été posée.

— Qu'est-ce que ce vieux fou est en train de faire ?

Aidan la rejoignit à la fenêtre.

Et il sentit son cœur se serrer.

Rufus traversait le jardin avec un poney.

Il ne s'agissait plus seulement de Tess et de Noelle. Il y avait Rufus aussi. Et Nana. Tous attendaient la victoire de l'amour.

Peut-être Rufus avait-il vraiment joué les entremetteurs.

Il était même possible qu'il ait acheté le poney pour Tess, dans l'espoir que leurs vies resteraient liées une fois que Noël serait fini…

Il se sentit le devoir de tout arrêter, avant que ça aille trop loin, et que tout le monde en souffre.

— Tu étais au courant ? demanda-t-il à Noelle.

Noelle rejoignit Aidan à la fenêtre et vit Rufus qui essayait de faire avancer une Gidget récalcitrante, tandis que Smiley tournait autour d'eux en aboyant.

Elle observa le visage d'Aidan. Il avait l'air si froid. Les traits de son visage semblaient comme taillés dans la pierre.

Elle n'avait pas envie d'admettre qu'elle savait, mais elle ne voulait pas non plus laisser tomber son grand-père.

Elle hocha la tête.

— Fais en sorte que Tess ne s'approche pas de la fenêtre, dit-il entre ses dents.

Puis, sans prendre la peine d'enfiler une veste, il glissa les pieds dans ses bottes et sortit dans le froid.

Ne voulant pas être témoin de ce qui allait se passer, Noelle alla s'asseoir par terre à côté de Tess.

La fillette avait sorti Jerry de sa boîte, et inspectait sa maison en forme de bocal.

Il sembla à Noelle qu'une éternité s'était écoulée quand Aidan revint, suivi de Rufus, qui haussa les épaules avec une moue piteuse.

— Il est temps pour nous de faire nos valises, déclara Aidan, en évitant de croiser le regard de Noelle.

Donc, il avait repris son plan initial, finalement.

— Je ne pars pas ! cria Tess. Je ne quitte pas Smiley. Je ne quitte pas Noelle et Rufus. On doit faire un bonhomme de neige, tout à l'heure. On doit faire des cookies. On doit…

Sa voix se brisa dans un sanglot.

Noelle prit la fillette dans ses bras tandis qu'Aidan allait chercher sa valise.

Que pouvait-elle dire ?

Elle ne pouvait lui faire aucune promesse.

Lorsqu'elle avait scruté le visage d'Aidan, elle n'y avait vu aucune promesse d'avenir.

Comment était-il possible que tout s'effondre aussi vite ?

Mais pour le moment, ce n'était pas à elle qu'elle devait penser.

— Tout va bien, mon petit cœur, murmura-t-elle à la fillette.

— Je peux te voir dehors ? demanda Aidan.

La froideur de sa voix lui glaça le cœur.

Après un dernier baiser dans les cheveux soyeux de Tess, Noelle écarta la petite fille.

— Va préparer tes affaires, dit-elle avec beaucoup de douceur.

Puis elle enfila son manteau et sortit.

— Que s'est-il passé ? demanda-t-elle.

Elle avait croisé les bras autour de sa taille, davantage pour se réconforter que pour se réchauffer.

— J'ai passé un très bon moment, dit-il d'un ton formel. Tout comme Tess. Je te remercie pour le Noël que tu as offert à ma fille.

Elle ne reconnaissait pas cet homme froid et distant. Où était passé celui qu'elle aimait ?

— On ne se reverra pas, Noelle.

Même si elle l'avait deviné, cette annonce lui fit l'effet d'une douche froide.

— Mais… Pourquoi ?

— Je ne peux pas faire ça à Tess. Je ne peux pas lui donner de l'espoir et regarder ensuite son monde s'effondrer.

— Pourquoi ça se passerait comme ça ? Qui a dit que ça allait s'effondrer ?

— Je te faisais confiance, Noelle. Je t'avais dit que la seule règle pour Noël, c'était : pas de poney. Tu ne vois pas que ça nous aurait obligés à revenir ? À lier nos vies avec la tienne et celle de ton grand-père. C'est de la manipulation.

— Espèce de crétin arrogant ! Mon grand-père a essayé de faire le bonheur d'une petite fille. Comment oses-tu le juger, alors qu'il est la générosité même ? Ça en dit beaucoup sur toi. Pas sur lui.

— Au revoir, Noelle, dit-il sèchement.

Puis il monta dans sa voiture et mit le contact.

Noelle resta là un moment, sous le choc, à trembler de colère, et à se dire qu'elle ne lui ferait pas le plaisir de pleurer devant lui.

Elle fit demi-tour et rentra dans la maison. Dans le couloir, elle croisa Tess et Nana, qui s'apprêtaient à partir avec leurs valises.

Elle les embrassa puis elles s'en allèrent, la laissant seule avec son grand-père.

— Je suis désolé, dit Rufus. Je ne pensais pas que cette histoire de poney tournerait aussi mal.

— Oh ! grand-père…

Noelle passa un bras autour des épaules du vieil homme pour le rassurer.

— Tu es l'homme le plus gentil et le plus généreux que je connaisse.

— Pourquoi sont-ils partis ?

Elle pensa à l'innocente question de Tess et au mot fixé à la couronne de Noël sur la porte. Espoir.

— C'est en rapport avec le mot le plus dangereux qui soit.

— Ah, l'amour. Si c'est ça, il reviendra.

Mais, en songeant à l'expression intraitable d'Aidan, Noelle en douta.

Noelle avait refusé de rester prostrée sur son canapé, à manger de la crème glacée en pleurant sur son sort.

Elle avait résisté à la tentation de passer en revue ce qui s'était passé et de songer à ce qui aurait pu être.

À la place, elle avait décidé de devenir la femme à la robe rouge, et d'assumer sa vie et ses choix.

Elle avait fermé tous ses comptes sur les réseaux sociaux, et ça ne lui manquait pas. Elle n'avait pas envie de vivre par procuration. Elle voulait profiter pleinement de la vie.

Elle était devenue bénévole à la bibliothèque pour faire la lecture à des enfants, et ça l'aidait un peu à surmonter l'absence de Tess.

Elle s'était inscrite à un cours de danse de salon, et ça mettait un peu de gaieté dans sa vie.

Et pourtant, à chaque fois que son téléphone sonnait, elle espérait.

À chaque fois qu'elle voyait une tête sombre dans la foule, près de son bureau ou de son appartement, elle espérait.

À chaque fois qu'elle entendait *Could I have this dance*, elle espérait.

Car à présent, elle savait quelque chose qu'elle ignorait avant : la vie pouvait changer en un instant.

Un soir, son téléphone sonna alors qu'elle quittait son cours de danse. Son grand-père n'appellerait pas aussi tard, sauf s'il y avait un problème.

Elle répondit, non sans une légère crainte.

D'abord, il n'y eut rien.

Puis un murmure.

— Noelle ?

Ce n'était pas son grand-père.

Ses bras se couvrirent de chair de poule quand elle reconnut la petite voix enfantine.

— Tess ?

— On a besoin de toi.

— Quoi ?

— Tu as dit que tout irait bien. Tu as promis.

Noelle savait qu'elle n'avait rien promis, mais elle ne voulait pas faire de peine à la fillette.

— Qu'est-ce qui ne va pas, Tess ?

— Mon papa était heureux quand on était avec toi. Ça me manque de le voir comme ça. Et tu me manques aussi.

Tess se mit à pleurer.

— Il est toujours de mauvaise humeur. Il dit qu'il n'est pas en colère, mais il a l'air de l'être. Il est tout le temps au téléphone. Je veux que tu viennes pour que mon papa soit de nouveau heureux.

— Où es-tu ?

Noelle se demanda pourquoi Tess murmurait. Où était Aidan ? Elle ne pouvait imaginer qu'il ait autorisé sa fille à passer cet appel.

— Il est sous la douche, et j'ai pris son téléphone. Je voulais le cacher, parce que je le déteste. Puis j'ai cherché ton prénom.

Tess épela consciencieusement.

— N-O-E-L-L-E

Noelle essaya de se souvenir pourquoi son numéro était dans le téléphone d'Aidan. Puis elle se souvint qu'il le lui avait demandé quand ils faisaient leurs achats de Noël, au cas où ils se trouveraient séparés dans l'immense centre commercial.

— Tu te souviens que je connais tout l'alphabet ? demanda la fillette.

— Bien sûr, ma puce.

— Avant de cacher le téléphone, j'ai eu l'idée d'appuyer sur ton prénom, et tu as répondu. J'ai trouvé une super cachette. Il ne la découvrira jamais. Il n'entendra même pas le téléphone sonner. Tu veux essayer de deviner ?

— Le réfrigérateur ?

Tess rit.

— Non. Plus loin.

— Le placard de l'entrée ?

— Encore plus. En fait, c'est même très, très loin.

Noelle eut un mauvais pressentiment.

— Tu n'es pas sortie de l'appartement au moins ?

— Je me suis enfuie.

Noelle tenta de ne pas s'affoler.

— Mais tu es encore dans l'immeuble ?

— Peut-être…

— Il n'y a personne avec toi ? Où est Nana ?

— Elle est partie.

— Où ?

— Retrouver Rufus et Smiley. Moi aussi, je voudrais y aller.

— Tu es toute seule, Tess ?

— Jerry est avec moi. On est dans une pièce pleine de balais et de pelles. Ça sent bizarre, mais ce n'est pas grave.

Noelle connut un moment de panique. Qui était Jerry ? Un psychopathe qui avait enlevé Tess ?

Puis ça lui revint. Jerry. Jerry Juicejar.

Elle essaya de réfléchir. Elle ne pouvait pas raccrocher et appeler Aidan. Elle n'était pas sûre d'avoir le numéro de Nana… Ils devaient être fous d'inquiétude… Ou alors, ils n'étaient pas encore au courant. Aidan était-il toujours sous la douche ?

— Ça fait longtemps que tu es dans la pièce avec les balais ?

Ça ne pouvait pas être dans l'appartement. Aidan n'aurait pas gardé des pelles chez lui. Dans le local du service d'entretien, peut-être ?

— Très longtemps.

Tess soupira.

— J'ai déjà mangé toute ma barre de céréales.

Noelle localisa en pensée l'endroit où elle se trouvait. Elle venait de quitter son cours de danse. Donc, elle était à peine à cinq minutes de l'immeuble d'Aidan.

Elle pressa le pas, en essayant de contrôler sa respiration pour ne pas paraître essoufflée et inquiéter Tess.

— Comment va Jerry ?

— Il n'est pas aussi drôle que Smiley.

— Smiley te manque ?

— Oui.

— Je comprends. À moi aussi. Je t'ai dit que j'avais un chien quand j'étais petite ?

— Non.

— Il s'appelait Flaque.

— C'est un nom rigolo.

— Oui. C'est parce que, au début, il faisait des flaques partout dans la maison. Mais tous les chiens font ça quand ils sont bébés.

Tess gloussa.

— Quand il a grandi, il a fait d'autres bêtises. Une fois, quand on dormait, il est allé dans les toilettes, et il a tiré tout le papier avec ses dents.

Tess rit de plus belle, et Noelle continua à parler tout en comptant les pas qu'elle faisait. Encore cinq cents mètres.

— Un jour, ma maman a fait un rôti et l'a laissé sur la table. Elle est sortie quelques minutes et, quand elle est revenue, il n'y avait plus rien. Et Flaque se léchait les lèvres.

Il ne restait plus que trois cents mètres.

— Mais non, Noelle ! Les chiens n'ont pas de lèvres.

— Ah non ?

Deux cents mètres.

Elle voyait l'immeuble.

Il y avait deux voitures de police devant la porte.

Elle accéléra le rythme, ravie que les cours de danse aient augmenté sa capacité respiratoire.

Aidan se tenait dans le hall, en peignoir. Des policiers l'entouraient.

En une seconde, Noelle vit tout ce qu'il y avait à savoir sur lui.

Elle vit combien il était capable d'aimer.

Combien il voulait protéger ceux qu'il aimait.

Combien il se sentait perdu.

Aidan vit Noelle franchir la porte du hall.

Au début, cela interféra à peine avec sa détresse.

Puis il se sentit soulagé.

Et enfin, tout l'amour qu'il éprouvait pour elle déferla sur lui comme une eau en furie à la levée des digues.

Balayés, les beaux principes, sa prétendue indifférence face aux sentiments. Il avait l'impression que la pression accumulée pendant tant d'années venait de se relâcher.

Noelle écarta le téléphone de son oreille, le pressa contre sa poitrine, et mit un doigt sur sa bouche.

Le silence tomba sur le hall.

Elle s'avança et se hissa sur la pointe des pieds.

— Le local de maintenance, murmura-t-elle.

Aidan s'élança vers le fond du hall, suivi de Noelle et de la police. Puis il emprunta une sortie de secours, dévala l'escalier de ciment jusqu'au sous-sol, emprunta un couloir sombre et ouvrit une porte.

Le rai de lumière provenant d'une veilleuse de sécurité révéla Tess assise par terre, la bouche barbouillée de chocolat, Jerry serré contre son cœur.

Elle laissa tomber le téléphone qu'elle pressait contre son oreille.

Aidan se pencha et la souleva dans ses bras.

— Papa, murmura Tess en touchant sa joue. Est-ce que tu pleures ?

17

Tess était en sécurité dans son lit, l'horrible Jerry blotti dans ses bras.

La police était enfin partie, et Aidan était assis sur le canapé, les coudes sur les genoux, la tête dans les mains.

Noelle lui apporta un thé et s'assit à côté de lui.

Leurs regards se croisèrent brièvement et il tourna la tête. Il avait le visage d'un homme tourmenté.

Et Noelle sut pourquoi elle n'avait pas cédé au désespoir après son départ, le lendemain de Noël.

Elle comprit pourquoi, au lieu de se réfugier dans son lit, et de céder à l'appel du pot de crème glacé grand format, elle avait appris à danser et avait décidé de faire la lecture aux enfants.

Parce qu'il fallait qu'elle se trouve elle-même, avant de trouver l'amour.

Il fallait qu'elle soit forte, qu'elle soit sûre d'elle, avant de plonger dans les ténèbres dont s'entourait Aidan, et de l'aider à s'en sortir.

Il fallait qu'elle soit courageuse pour secourir cet homme solitaire, qui s'ingéniait à mal employer sa force, tenant l'amour à distance au lieu de l'accueillir à bras ouverts.

— Je comprends, maintenant, dit-elle d'une voix douce. Tu n'es pas parti à cause d'un poney.

Il gardait obstinément le silence.

— Tu t'en es servi comme d'une excuse.

— Qu'est-ce que tu racontes ?

— Je parle de tes sentiments pour moi.

Il reprit son souffle. Ses lèvres bougèrent, mais aucun mot n'en sortit.

Elle considéra cela comme un signe d'encouragement.

— Tu m'aimes tellement, reprit-elle, que tu penses devoir me protéger. Tu ne te voyais pas réussir cette tâche. Tu croyais être incapable d'aimer vraiment.

— Exact.

— Tu n'avais pas de modèle de relation de couple réussie. Tu l'as compris quand tu as épousé Sierra. Tu n'avais pas les bons outils pour faire en sorte que ça fonctionne.

Il hocha la tête.

— Et pourtant, ton amour pour Tess est un excellent modèle pour toutes les autres formes d'amour.

— Faux ! Regarde ce qui s'est passé. Elle a voulu fuir loin de moi.

— Tu crois ça ? Ce ne serait pas plutôt parce qu'elle savait au fond de son cœur ce qui devait se passer ? N'a-t-elle pas senti que tu avais besoin de moi ?

Il haussa les épaules, sans doute à court d'arguments.

— Tu essayais de nous protéger toutes les deux de ce que tu voyais comme un échec inévitable.

— Écoute, cette conversation n'a aucun sens.

— Je suis d'accord. Il est inutile de parler.

Il parut soulagé.

Jusqu'à ce qu'elle se penche vers lui.

Il aurait pu s'écarter, mais il semblait paralysé.

Elle l'embrassa avec une tendresse infinie, laissant ses lèvres lui dire ce qu'il ne voudrait pas entendre avec des mots.

Qu'il était suffisamment fort pour affronter des tempêtes.

Que sa propre force serait là pour prendre le relais quand la sienne faiblirait.

Qu'elle portait en elle une véritable force d'amour, que sa lumière, tel un phare, les guiderait tous les deux sur les eaux incertaines de la vie.

Au début, les lèvres d'Aidan restèrent fermées contre les siennes. Et cependant, il ne la repoussa pas. Elle sentit qu'il en avait envie, mais qu'il n'y parvenait pas.

Alors, elle donna un tour plus passionné à son baiser, jusqu'à ce qu'elle sente un frémissement de réponse.

Et dans cette brèche qui venait de s'ouvrir dans le mur de défense qu'il avait érigé autour de lui, elle versa tout ce qu'elle était. Et ce fut comme l'action du soleil sur la neige, transformant ce qui était compact et froid en une vraie source de vie.

Aidan mit fin à leur baiser, mais il ne chercha pas à se lever ni à lui demander de partir.

À la place, il semblait étudier le gilet de sauvetage qu'elle venait de lui lancer.

— Et si je te faisais du mal ? demanda-t-il dans un murmure. Et par ricochet, si je faisais du mal à ma fille ? Elle veut tellement que tu sois sa maman. Et moi, je risque de tout gâcher.

— Tu crois ?

— Oui.

— Fais-toi confiance. Crois en l'amour. Et attendons de voir ce qui se passera après.

Pendant un long moment, il ne dit rien.

Puis elle vit la réponse dans ses yeux avant même qu'il la formule.

— Très bien. Attendons de voir ce qui se passera après.

Au cours des mois qui suivirent, Noelle découvrit qu'Aidan n'était pas un homme qui faisait les choses à moitié.

Il lui fit la cour avec une intensité, une attention aux

détails, une détermination et une tendresse qui lui donnèrent l'impression d'être la femme la plus aimée au monde.

Il l'invita à dîner et la couvrit de cadeaux.

Ils partirent en randonnée dans le Banff National Park. Ils découvrirent Venise en gondole, et firent de la plongée sur la côte de Kona, à Hawaii.

Ils visitèrent les caves de Sonoma Valley. Ils firent un vol en montgolfière, et découvrirent les sources chaudes du Kootenay National Park.

Ils firent de l'escalade et du kayak. Ils prirent des cours de cuisine et de théâtre.

Mais surtout, ils découvrirent ce qu'était la vie de couple.

Rufus et Nana, qui s'étaient mariés deux mois à peine après Noël, s'occupaient de Tess quand ils voyageaient.

Ils découvrirent aussi ce qu'était la vie de famille. Ils emmenèrent Tess à Disney World, en Floride, et dans un fabuleux club de vacances aux Bahamas.

Mais, en dépit de tout cela, les moments que Noelle préférait avec Aidan et Tess étaient les plus simples.

Marcher main dans la main le long de la Bow River, et s'émerveiller du bourgeonnement des saules. Aller à la bibliothèque municipale, et s'asseoir par terre dans la section réservée aux enfants pour écouter un conteur. S'asseoir sur un banc en centre-ville et manger des hot dogs.

Et tout en haut de la liste : lire une histoire à Tess le soir.

Ils aimaient aussi se rendre au ranch ensemble.

Être les témoins de l'amour grandissant entre Nana et Rufus. Regarder Tess apprendre à monter Gidget. Jouer à des jeux de société en famille.

Et se retrouver tous les deux dans le fenil quand tout le monde était couché.

D'une certaine façon, le ranch était leur endroit à eux. Un lieu où quelque chose de fort et de beau était né entre eux. Bien plus fort et bien plus beau que tout ce qu'ils avaient pu imaginer…

Un soir d'été, ils étaient au ranch quand Aidan demanda à Noelle de faire quelques pas avec lui.

Ils se retrouvèrent au chalet des jeunes mariés.

— J'ai un cadeau pour toi, dit-il posément.

Noelle rit. Elle avait fait de son mieux pour le dissuader de lui faire des cadeaux, mais c'était peine perdue.

Elle prit l'enveloppe qu'il lui tendait.

— Qu'est-ce que c'est ?

— Ouvre-la.

Noelle obéit et trouva une liasse de documents à l'aspect officiel.

— Je ne comprends pas de quoi il s'agit.

— Ton grand-père m'a pris à part, il y a quelques semaines, et m'a fait un sermon.

— Vraiment ? Qu'a-t-il dit ?

— Qu'il comprenait que j'essayais de faire les choses de façon honorable. Il comprenait que c'était important pour un homme de traiter la femme qu'il aime comme une princesse. Il comprenait aussi la valeur d'une cour à l'ancienne.

— Très bien. Et ensuite ?

— Il a dit que ça suffisait, et que je devais me décider, maintenant.

Aidan la regardait avec une telle intensité qu'elle sentit les battements de son cœur s'accélérer. Le pouvoir qu'il avait sur son cœur semblait illimité.

— Il a dit que la vie était plus courte qu'on ne l'imaginait. Et que c'était pour cette raison que Nana et lui n'avaient pas perdu de temps. Parce qu'ils avaient vécu tous les deux des deuils, et qu'ils avaient la sagesse de comprendre que la vie coule comme du sable entre les doigts.

— Fort bien, mais où veux-tu en venir ?

— Il m'a dit de t'épouser et de te faire très vite un bébé.

— Aidan Phillips ! Est-ce que tu me demandes en mariage ?

Il garda le silence.

— C'est parce que mon grand-père t'a donné l'ordre de le faire ?

— En fait, il me l'a dit après.

— Après quoi ?

— Mais arrête de me bousculer comme ça ! Après que je lui ai demandé sa permission.

— Quelle permission ?

— Celle d'épouser sa petite-fille.

Soudain, Noelle n'avait plus envie de plaisanter.

C'était réel.

Aidan mit un genou à terre, et elle résista à la tentation de lui caresser les cheveux.

Il plongea la main dans sa poche et en sortit un écrin.

Il souleva le couvercle, révélant un anneau incrusté de diamants bleus, puis il s'éclaircit la gorge.

— Noelle, je suis tellement amoureux de toi que je ne sais pas comment l'exprimer. Tu as pris une terre sombre et aride, et tu y as fait pousser des bouquets aux mille couleurs. Tu m'as montré le sens de ma vie. Tu es devenue une seconde mère pour ma fille.

Il reprit son souffle.

— Je ne peux pas imaginer ma vie sans toi. Je veux passer le reste de mes jours avec toi. Je veux des enfants avec toi.

Son expression se teinta de solennité.

— Mademoiselle McGregor, voulez-vous m'épouser ?

Noelle pleurait à chaudes larmes. Elle laissa tomber les documents qu'il lui avait donnés, et ils s'éparpillèrent au vent.

Cet homme extraordinaire voulait unir leurs deux vies.

Pour toujours.

— Oui, dit-elle. Oui !

Il se redressa et la prit dans ses bras.

— Merci, cria-t-il à tue-tête.

Et les montagnes leur renvoyèrent l'écho.

— Merci de me donner de l'espoir.

Elle lui tendit les lèvres, et ils s'embrassèrent longuement, passionnément.

Soudain, Aidan revint à la réalité.

— Il faut retrouver les papiers.

— De quoi s'agit-il ? demanda Noelle.

— Des titres de propriété du ranch. Nous y construirons notre maison un jour. Et nous y élèverons nos enfants.

— Tu as racheté le ranch McGregor ?

— Dans son intégralité. Y compris les terres que Rufus avait vendues.

— Mais tu n'es pas rancher.

— Je peux apprendre. Et puis, je me suis dit que tu craquerais complètement pour moi si je portais des bottes et un chapeau de cow-boy.

— Je craque déjà pour toi.

— Oh ! eh bien, dans ce cas, je me contenterai peut-être de louer les herbages.

— À mon tour de te remercier, dit-elle.

Pas seulement pour les terres. En fait, ce n'était pas le plus important.

Pour tout.

Pour lui avoir appris ce qu'était l'amour.

Pour lui avoir redonné le sens de la famille.

Pour avoir fait renaître la confiance dans sa vie.

Pour lui avoir permis de devenir une femme digne d'être aimée.

Digne de lui.

Épilogue

— Je crois qu'il faudrait peindre un hippopotame sur le mur, déclara Tess d'une voix emplie d'autorité.

À sept ans, elle savait tout, y compris ce qu'il convenait de faire pour équiper la chambre du nouveau bébé.

— Un hippopotame ?

Aidan essayait de temporiser. Il n'était pas certain que cela cadrerait avec le thème marin que Noelle et lui avaient choisi pour accueillir leur premier enfant, un garçon.

En outre, il n'avait pas beaucoup de temps, et un hippopotame semblait un changement majeur.

Il chercha son souffle, refusant de céder à l'affolement. Le bébé devait naître dans moins d'une semaine.

— Nous devrions peut-être demander à maman, suggéra-t-il.

Tess avait commencé à appeler Noelle « maman » quelques jours après le mariage.

Personne ne le lui avait suggéré. C'était venu naturellement.

— Que voulez-vous me demander ?

Aidan se tourna, le pinceau à la main, et regarda sa femme.

Elle était exactement celle que son cœur avait reconnue dès leur première rencontre.

La plus belle femme du monde.

Celle qui pouvait tout changer.

Celle qui avait été assez courageuse pour venir le sauver en l'arrachant à son monde de solitude.

— On peut mettre un hippopotame ici ? demanda Tess.

Noelle fit mine de réfléchir.

— Voyons… Est-ce qu'ils ne sont pas horriblement gros ? demanda-t-elle sérieusement. Et tu sais ce qu'ils mangent, toi ?

Le rire de Tess, si fréquent, si joyeux, ricocha à travers la pièce.

— Peint sur le mur, maman. Pas un vrai.

Noelle observa le mur bleu pâle.

— Je crois que ce serait parfait.

Aidan retint un grognement.

Tess soupira de contentement, puis elle s'avança vers Noelle et mit les mains de chaque côté de son ventre.

— Coucou, là-dedans, cria-t-elle. Bonjour, Ben.

Puis elle posa son oreille contre le ventre de Noelle.

— Je l'entends, affirma-t-elle. Oh ! il a donné un coup de pied. Papa ! Viens voir.

À son tour, Aidan vint poser la main sur le ventre de Noelle. Leurs regards se croisèrent, tandis que le bébé semblait faire une cabriole en elle.

— C'est le moment ? demanda-t-il, stupéfait par cette violente activité. Je vais chercher la voiture. J'appelle Nana. Je…

Noelle lui souriait avec indulgence.

Elle était la seule à savoir cette vérité : s'il avait dirigé sa compagnie comme il attendait cette naissance – nerveusement, impulsivement, sursautant à la moindre alerte, Wrangler Oil aurait fait faillite.

Noelle, au contraire, ne s'inquiétait pas le moins du monde de savoir si c'était le moment ou non.

Aidan avait suggéré qu'ils s'installent dans son appartement en ville jusqu'à la naissance. Elle avait refusé, et depuis il se réveillait la nuit pour scruter le ciel. Même si on était en automne, et qu'il ne risquait pas de neiger, il redoutait toutes sortes de catastrophes : arbres tombés en travers de la route, montée des eaux, panne de voiture…

Une nuit, Noelle s'était réveillée, et l'avait vu revenir de l'extérieur.

— Il fait nuit, avait-elle dit.

— Je vérifiais.

— Quoi ?

— Il y a du vent.

— Et ?

— Un arbre pourrait tomber en travers de l'allée.

— Et alors ? Tu as ton hélicoptère. On ne fait pas plus rapide pour se rendre à l'hôpital. D'autant que la plupart ont des zones d'atterrissage.

Aidan avait mis du temps à comprendre qu'elle plaisantait.

— Il n'y a rien d'exceptionnel à avoir un bébé, lui avait-elle dit gentiment. Comment font les autres femmes qui vivent ici ?

Pour un peu, elle lui aurait dit qu'elle prévoyait d'accoucher à la maison.

En parlant de maison, il avait construit la leur l'année précédente, dans une clairière à proximité du chalet des jeunes mariés. Depuis leur chambre située à l'étage, ils pouvaient l'apercevoir.

C'est là qu'ils avaient passé leur lune de miel. Ils s'étaient mariés au ranch quelques jours avant Noël, un an après leur rencontre.

Noelle aurait pu organiser le mariage n'importe où.

Elle aurait pu avoir un bal aussi fastueux que le *Christmas Enchantment Ball.*

Elle aurait pu choisir une plage exotique…

Elle aurait pu avoir un orchestre et danser toute la nuit…

À la place, ils avaient échangé leur engagement dans la galerie du vieux ranch.

Tess avait jeté des flocons de neige découpés dans du papier au lieu des traditionnels pétales de fleurs.

Noelle avait refusé la robe blanche, en prétendant qu'elle se confondrait avec la neige, et avait opté pour une robe rouge, en femme suffisamment sûre d'elle pour passer outre les traditions.

Le repas aurait pu être préparé par le meilleur traiteur de Calgary, mais cette suggestion avait fait rire Noelle. À la place, ils avaient débarrassé la grange, installé des planches sur des tréteaux, et toutes les femmes du village avaient apporté leur plat favori. Après le dîner, on avait dansé au son des violons.

Ils auraient pu partir en voyage de noces n'importe où dans le monde, en Toscane, ou sur une île privée appartenant à un des amis d'Aidan. Mais, là encore, Noelle s'y était opposée, et ils avaient passé cinq jours enchanteurs dans le chalet cerné par la neige.

Depuis, ils avaient beaucoup voyagé, découvrant toutes les merveilles et trésors du monde. Et pourtant, dans ce chalet, ils avaient eu l'impression de posséder tout ce dont ils avaient besoin.

Leur amour mutuel.

Aidan savait qu'il avait reçu un cadeau inestimable. Il savait où se trouvait son véritable foyer.

Ce n'était ni dans le chalet ni dans le ranch. Ni même dans cette belle et grande maison contemporaine qu'ils avaient dessinée et construite ensemble.

Son foyer était là où se trouvait Noelle. Il était pour toujours niché dans le cœur de la femme qu'il aimait.

— Un rouge ? demanda Tess.

Aidan s'arracha à ses pensées.

— Comment ça, un rouge ?

Tess leva les yeux au ciel et soupira.

— L'hippopotame, bien sûr.

— Oui, je pense que ce serait très bien, dit Noelle.

Aidan fixa le mur d'un air dubitatif.

De quelle taille devait-il être ?

Et qui avait la compétence pour dessiner un hippopotame ? Ça pouvait très bien se terminer par une grosse tache rouge sur le mur…

Et quand bien même, était-ce vraiment cohérent avec le thème marin soigneusement choisi pour la chambre du bébé ?

Mais, en regardant sa femme et sa fille, il se rendit compte que ça n'avait pas d'importance.

Elles n'étaient ni l'une ni l'autre adeptes de la perfection. Elles accordaient plus d'importance au ressenti, même si le résultat était plutôt chaotique et réduisait à néant les projets les mieux préparés.

Il soupira et décida de laisser tomber la question de l'hippopotame.

C'était de toute façon une bataille qu'il était certain de perdre.

Au même moment le chiot, qui n'avait pas droit de cité dans la pièce, poussa la porte. C'était un labrador noir, et il ressemblait beaucoup à son homonyme, Smiley.

Aidan pensait que prendre un chien maintenant était une très mauvaise idée. Mais quand Noelle et Tess avaient décidé quelque chose, il était impossible de s'y opposer.

Tout excité d'être entré dans le sanctuaire interdit, Smiley se soulagea soudain sur le sol.

Et leurs rires emplirent la pièce, s'envolèrent par la fenêtre, et se répandirent dans la forêt environnante, comme de la poussière magique, chargés de la seule force qui pouvait vraiment changer le monde.

L'amour.

Leurs rires contenaient le magnifique pouvoir guérisseur de l'amour.

Composé et édité par HarperCollins France.

Achevé d'imprimer en octobre 2020.

CPI
BLACK PRINT

Barcelone

Dépôt légal : novembre 2020.

FSC
www.fsc.org
MIXTE
Papier issu de sources responsables
FSC® C108412

Pour limiter l'empreinte environnementale de ses livres, HarperCollins France s'engage à n'utiliser que du papier fabriqué à partir de bois provenant de forêts gérées durablement et de manière responsable.

Imprimé en Espagne.